Une ardente
patience

Du même auteur

Beaux enfants
vous perdez la plus belle rose
Gallimard, 1979

T'es pas mort !
Seuil, « Point-Virgule », n° V 9, 1982

Le Cycliste de San Cristobal
Seuil, « Point-Virgule », n° V 27, 1984

Antonio Skármeta

Une ardente patience

roman

TRADUIT DE L'ESPAGNOL
PAR FRANÇOIS MASPERO

Éditions du Seuil

EN COUVERTURE : Massimo Troisi dans *Le Facteur*

Une distribution Miramax International – Mario et Vittorio Cecchi Gori
présentent un film de Michael Radford – Philipe Noiret, Massimo Troisi
Le Facteur « Il Postino » avec Maria Grazia Cucinotta
Producteur exécutif Alberto Passone – Musique de Luis Enrique Bacalov
Montage Roberto Perpignani
Directeur de la photographie Franco di Giacomo
Adapté de *Burning Patience* par Antonio Skármeta
Scénario de Anna Pavignano, Michael Radford,
Furio Scarpelli, Giacomo Scarpelli, Massimo Troisi
Produit par Mario et Vittorio Cecchi Gori et Gaetano Daniele
Réalisé par Michael Radford

Une co-production italo-française
Cecchi Gori Group – Tiger Cinematografica-
Pent Afilm Esterno Mediterraned Film – Blue Dahlia Production
© 1995 Miramax International tous droits réservés

Titre original : *Ardiente Paciencia*
Éditeur original : Ediciones del Norte
Hanover, New Hampshire, USA
ISBN original : 0-910061-26-2
© 1985, Antonio Skármeta

ISBN 2-02-048169-3
(ISBN 2-02-009520-3, 1re édition
ISBN 2-02-010330-3, 1re publication poche)

© Éditions du Seuil, février 1987, pour la traduction française

www.seuil.com

*A Matilde Urrutia, inspiratrice de Neruda,
et, à travers lui, de ses humbles plagiaires.*

Prologue

En ce temps-là, je travaillais comme rédacteur culturel dans un journal de cinquième catégorie. Le directeur imposait au secteur dont je m'occupais ses propres conceptions artistiques, c'est-à-dire qu'il faisait passer avant tout ses amitiés dans le milieu et qu'il m'obligeait à des interviews de vedettes de spectacles olé olé, des comptes rendus de livres écrits par des détectives à la retraite, des articles sur des cirques ambulants ou des éloges superlatifs adressés au *hit* de la semaine, toutes choses qui auraient aussi bien pu être rédigées par le premier chien coiffé.

Chaque nuit, dans les bureaux humides de cette rédaction, j'assistais à l'agonie de mes illusions d'écrivain. Je restais jusqu'au matin à commencer de nouveaux romans que j'abandonnais à mi-course parce que la vérité m'apparaissait enfin sur mon talent — et sur ma paresse. D'autres écrivains de mon âge remportaient des succès considérables dans le pays et même des prix à l'étranger : *Casa de las Americas, Biblioteca*

9

breve Seix Barral, Sudamericana et *Primer Plana*. L'envie aurait pu m'aiguillonner et me pousser à terminer une œuvre, mais elle agissait sur moi comme une douche froide.

A l'époque qui correspond chronologiquement au début de cette histoire — laquelle, comme les hypothétiques lecteurs ne manqueront pas de s'en apercevoir, commence dans l'enthousiasme et s'achève sous le signe d'une profonde dépression —, le directeur remarqua que mes incursions dans la vie de bohème avaient dangereusement perfectionné la pâleur de mon teint et décida de m'envoyer faire un reportage au bord de la mer, ce qui me vaudrait une semaine de soleil, d'effluves salins, de fruits de mer, de poisson frais et, en même temps, de contacts fructueux pour mon avenir. Il s'agissait d'aller troubler la paix maritime de Pablo Neruda et de dessiner, pour les lecteurs débauchés de notre feuille, quelque chose qui serait comme — je cite — « la géographie érotique du poète » : en clair et en bon chilien, cela signifiait le faire parler, sur le mode le plus primaire possible, des femmes qu'il s'était envoyées.

Un séjour à l'auberge de l'Ile Noire, une note de frais princière, la location d'une voiture chez Hertz et le prêt de son Olivetti portative, tels furent les arguments sataniques dont le directeur se servit pour me convaincre d'accepter l'infâme besogne. A ces arguments, j'en ajoutai un autre, qui relevait de l'idéalisme propre à la jeunesse, en caressant un manuscrit interrompu à la

10

page 28 : le soir, j'écrirais ma chronique sur Neruda, mais ensuite, tard dans la nuit, bercé par la rumeur nocturne de la mer, je continuerais mon roman et même je le terminerais. Mieux encore, je formai un projet qui finit par tourner à l'obsession — un projet qui, de plus, aurait dû me permettre de me sentir très proche de mon héros, Mario Jimenez : il s'agissait d'obtenir une préface de Pablo Neruda. Une fois en possession de ce glorieux trophée, il ne me resterait plus qu'à aller frapper à la porte des éditions Nascimiento auxquelles j'arracherais *ipso facto* la publication de mon livre si douloureusement ajourné.

Comme je ne veux pas prolonger indéfiniment cet avertissement et donner de fausses espérances à mes improbables lecteurs, j'apporterai tout de suite quelques précisions. D'abord, le roman qu'ils ont en main n'est pas celui que je voulais écrire à l'Ile Noire, pas plus qu'aucun de ceux que j'ai commencés à cette époque, mais plutôt un résultat au second degré de ma tentative avortée auprès de Pablo Neruda. J'ajoute que si d'autres Chiliens ont, entre-temps, poursuivi leurs libations à la coupe du succès (et ce, comme me l'a fait remarquer un éditeur, pour avoir su, notamment, tourner des phrases comme celle-ci), en ce qui me concerne je suis resté — et je reste — rigoureusement inédit. D'autres ont su maîtriser le récit lyrique à la première personne, le roman dans le roman, le métalangage, la distorsion des temps et des espaces, mais moi j'ai continué à me livrer

11

aux vagues métaphores ramassées dans le journalisme, aux lieux communs cueillis chez les romanciers populaires, aux adjectifs hardis mal compris chez Borges et, surtout, à m'obstiner dans ce rôle qu'un professeur de littérature a défini avec écœurement comme celui du « narrateur omniscient ». Enfin l'article croustillant sur Neruda que, de toute évidence, le lecteur préférerait de beaucoup tenir en ce moment au lieu du roman qui le guette aux pages suivantes, cet article qui m'eût peut-être, dans un tout autre genre, tiré de mon anonymat, n'a pas vu le jour : non que j'aie manqué d'impertinence, mais parce que le poète se montra ferme sur les principes. Il fit preuve d'une affabilité que ne méritait guère la bassesse de mes desseins, pour me répondre que le grand amour de sa vie était sa femme actuelle, Matilde Urrutia, et qu'il n'éprouvait nul enthousiasme et nul intérêt à l'idée de fouiller dans ce « pâle passé », puis, quand j'osai lui demander une préface pour un roman qui n'existait pas encore, il me poussa doucement vers la porte et me dit avec une ironie que je n'avais certes pas volée : « Ce sera avec plaisir. Quand vous l'aurez écrit. »

Je ne renonçai pas à me mettre à l'œuvre et, pour ce faire, je demeurai longtemps à l'Ile Noire. Mais, face à la page blanche, j'étais toujours en proie à la même paresse, du matin au soir et du soir au matin. Aussi décidai-je d'aller rôder autour de la maison du poète, puis de rôder autour de ceux qui rôdaient autour. C'est ainsi que j'ai fait la connaissance des personnages de ce roman.

Je sais que plus d'un lecteur impatient se demandera comment un individu aussi incorrigiblement fainéant a pu terminer ce livre, si mince soit-il. J'ai une explication acceptable : c'est que j'ai mis quatorze ans à l'écrire. Si l'on songe que durant ce temps Vargas Llosa, par exemple, a publié *Conversation à « La Cathédrale »*, *la Tante Julia et le Scribouillard*, *Pantaléon et les Visiteurs*, *la Guerre de la fin du monde*, c'est là franchement un record dont je n'ai pas lieu d'être fier.

Mais il y a une explication complémentaire, de nature sentimentale, celle-là. Beatriz Gonzalez, avec qui j'ai déjeuné à diverses reprises lors de ses visites aux tribunaux de Santiago, a voulu que je raconte pour elle l'histoire de Mario : « Vous y mettrez tout le temps qu'il faudra et vous inventerez tout ce que vous voudrez. » Ainsi absous d'avance, je ne me suis privé ni de l'un ni de l'autre.

1

En janvier 1969, deux motifs, l'un trivial et l'autre
heureux, amenèrent Mario Jimenez à changer d'emploi.
Le premier fut son absence de goût pour les corvées de la
pêche qui le tiraient du lit avant le lever du soleil et
presque toujours au moment où il était en train de rêver
d'amours audacieuses en compagnie d'héroïnes qui riva-
lisaient d'ardeur avec celles qu'il pouvait voir sur l'écran
du cinéma de San Antonio. Comme il joignait à cette
disposition une sympathie subséquente pour les rhumes,
réels ou supposés, qui lui permettaient d'échapper un
jour sur deux à la préparation des appareils de pêche de
son père, il pouvait rester à folâtrer sous les épaisses
couvertures chilotes pour perfectionner ses idylles oniri-
ques, jusqu'à ce que le pêcheur José Jimenez revienne du
grand large, trempé et affamé, et soulage son complexe
de culpabilité en lui accommodant un déjeuner fait de
pain craquant, de fracassantes salades de tomates à
l'oignon relevées de persil et de coriandre, et d'une
dramatique aspirine. Il engloutissait le tout sous

les sarcasmes de son géniteur qui le fouaillaient jusqu'à
l'os.

— Cherche-toi un travail !

Cette phrase féroce et lapidaire mettait un point final
au regard accusateur que l'homme était capable de
maintenir dix minutes durant — et qui en aucun cas n'en
durait moins de cinq.

— Oui papa, répondait Mario en s'essuyant le nez à la
manche de son chandail.

Voilà pour le motif trivial. Quant au motif heureux, ce
fut la possession d'une pimpante bicyclette de marque
« Legnano » qui permettait à Mario de troquer quoti-
diennement l'horizon restreint de l'anse des pêcheurs
pour celui du port de San Antonio, à vrai dire lui aussi
passablement minuscule, mais qui ne lui en paraissait pas
moins fastueux et babylonien en comparaison de son
hameau. La simple contemplation des affiches du
cinéma, de ces femmes aux bouches véhémentes et de
ces gaillards virils mastiquant leur cigare entre des dents
impeccables, le mettait dans une transe dont il ne sortait
qu'au bout de deux heures de film pour s'en retourner,
inconsolable, à sa routine, parfois sous une pluie marine
qui lui inspirait des rhumes épiques. Mais la générosité
de son père n'allait pas jusqu'à entretenir son oisiveté et
il lui fallait certains jours se contenter d'incursions dans
les boutiques de revues d'occasion où il apportait sa
contribution au tripotage des photos de ses actrices
favorites.

Ce fut au cours d'une de ces journées de vagabondage mélancolique qu'il découvrit à la fenêtre du bureau de poste un avis auquel, bien qu'il fût écrit à la main et sur une modeste feuille de cahier de calcul, matière dans laquelle il n'avait guère brillé à l'école primaire, il ne put résister.

Mario Jimenez n'avait jamais mis de cravate, mais il rectifia le col de sa chemise avant d'entrer comme s'il en portait une et il essaya, avec un succès modéré, de contenir, de deux coups de peigne, sa crinière héritée des photos des Beatles.

— Je viens pour l'annonce, déclara-t-il au fonctionnaire, en arborant un sourire digne de Burt Lancaster.

— Vous avez une bicyclette ? demanda le fonctionnaire sans enthousiasme.

Le cœur et les lèvres de Mario répondirent à l'unisson :

— Oui.

— Bien, dit le préposé en se curant les dents. Il s'agit d'un poste de facteur pour l'Ile Noire.

— En voilà un hasard, dit Mario. J'habite tout à côté, sur l'anse.

— Ça c'est un bon point pour toi. Ce qui est moins bien, c'est qu'il n'y a qu'un seul client.

— Rien qu'un seul ?

— Eh oui ! A l'anse, ils sont tous analphabètes. Ils ne savent même pas lire les chiffres.

17

— Et c'est qui, ce client ?

— Pablo Neruda.

Mario déglutit ce qui lui parut être un litre de salive.

— Mais c'est formidable.

— Formidable ? Il reçoit tous les jours des kilos de courrier. Pédaler avec ta sacoche sur le dos, c'est comme si tu chargeais un éléphant sur tes épaules. Le facteur qui le desservait a pris sa retraite plus épuisé qu'un chameau.

— Mais moi j'ai dix-sept ans.

— Et tu es en bonne santé ?

— Moi ? Je suis en fer. Je n'ai jamais eu un rhume de ma vie !

Le fonctionnaire fit glisser ses lunettes le long de son arête nasale et le dévisagea par-dessus la monture.

— Le salaire est merdique. Les autres facteurs se rattrapent sur les pourboires. Mais avec un seul client tu auras à peine de quoi te payer le cinéma une fois par semaine.

— Je veux le poste.

— Très bien. Je m'appelle Cosme.

— Cosme.

— Tu dois m'appeler « don Cosme ».

— Oui, don Cosme.

— Je suis ton chef.

— Oui, chef.

L'homme prit un stylo bleu, souffla dessus pour en réchauffer l'encre et demanda, sans le regarder :

— Nom ?

— Mario Jimenez, répondit solennellement Mario Jimenez.

Et après avoir émis cette information vitale, il alla à la fenêtre, arracha l'avis et le fit disparaître au plus profond de la poche arrière de son pantalon.

2

Ce que, malgré toute son infinie patience, l'océan Pacifique n'avait jamais pu obtenir, l'humble petite poste de San Antonio y parvint : non seulement Mario Jimenez était debout dès l'aurore, les narines fluides et dégagées, mais il attaquait son travail avec une telle ponctualité que Cosme, le vieux fonctionnaire, lui confia la clef du local pour le cas où lui-même se déciderait à réaliser enfin l'exploit dont il rêvait depuis longtemps : dormir si tard dans la matinée qu'il serait déjà l'heure de la sieste et prolonger si avant la sieste qu'il serait déjà l'heure de se coucher et se coucher pour un sommeil si profond et si parfait qu'il ressentirait le jour suivant pour la première fois cette joie de travailler dont Mario rayonnait et dont lui, Cosme, méticuleusement, ignorait tout.

Son premier salaire, payé suivant les usages chiliens avec un mois et demi de retard, permit à Mario Jimenez de faire l'acquisition des biens suivants : une bouteille de vin Cousiño Macul « Vieille Réserve » pour son père, un billet de cinéma qui lui permit de savourer *West Side*

Story, Natalie Wood comprise, un peigne de poche en acier allemand acheté au marché de San Antonio à un vendeur ambulant dont le slogan était : « L'Allemagne a perdu la guerre mais elle n'a pas perdu son industrie. Peignes inoxydables Solingen », et l'édition Losada des *Odes élémentaires* de son client et voisin, Pablo Neruda.

Il se proposait de profiter d'un moment où le barde lui semblerait de bonne humeur pour braquer sur lui le livre en même temps que son courrier et obtenir ainsi un autographe qui lui permettrait de flamber devant les femmes aussi éblouissantes qu'hypothétiques qu'il finirait bien par rencontrer un jour à San Antonio, voire à Santiago quand il irait y faire un tour grâce à son prochain salaire.

Il fut à plusieurs reprises sur le point de réaliser son projet mais, à chaque fois, il restait paralysé par l'apathie avec laquelle le poète recevait son courrier, la vitesse qu'il mettait à lui donner son pourboire (souvent plus que correct), tout en arborant l'expression d'un homme plongé dans d'abyssales profondeurs intérieures. Pendant deux mois bien comptés, Mario ne put se défaire de cette impression qu'à chaque fois qu'il tirait la sonnette, il assassinait l'inspiration du poète juste au moment où celle-ci allait accoucher d'un vers génial. Neruda prenait le paquet de courrier, lui donnait deux escudos et le congédiait d'un sourire aussi distrait que son regard. Alors, et jusqu'à la fin de la journée, le facteur traînait les *Odes élémentaires* sans perdre l'espoir de réunir un jour tout son courage. Il trimballa si souvent le livre, il le tripota tant, il le glissa tellement dans la poche de son pantalon sous le lampadaire de la place pour se donner un air intellectuel devant les filles qui l'ignoraient, qu'il finit par le lire. Avec un tel antécédent dans son curriculum il s'estima digne de distraire une miette de l'attention du barde et, par une matinée d'hiver ensoleillée, il lui tendit le livre avec les lettres en l'accompagnant d'une phrase dont il avait fait l'essai devant d'innombrables vitrines :

— Mettez-y votre griffe, maître.

Ce fut pour le poète une affaire de routine que de le satisfaire, mais une fois rempli ce bref devoir il le congédia avec la courtoisie sans appel qui le caractérisait. Mario se mit en devoir d'analyser l'autographe et parvint à la conclusion qu'avec un « cordialement, Pablo Neruda », son anonymat n'était guère levé. Il se proposa donc de nouer avec le poète des relations telles qu'elles lui permettraient un jour d'être gratifié d'une dédicace qui comporterait au moins, écrits de la célèbre encre verte du barde, ses nom et prénom : Mario Jimenez S. Encore qu'à son sens, le mieux eût été un texte dans le genre : « A mon ami très cher Mario Jimenez, Pablo Neruda. » Il fit part de sa convoitise à Cosme, le postier, qui commença par lui rappeler que les Postes chiliennes interdisaient à leurs préposés d'importuner la clientèle avec des requêtes étrangères au service, puis l'informa qu'on ne pouvait pas dédicacer deux fois le même livre. Autant dire que cela manquerait singulièrement de dignité de proposer au poète — tout communiste qu'il fût — de raturer ses propres mots pour les remplacer par d'autres.

Mario trouva l'observation frappée au coin du bon sens et, lorsqu'il reçut l'enveloppe administrative contenant son deuxième salaire, il fit, geste qui lui parut logique, l'acquisition des *Nouvelles Odes élémentaires*, Losada éditeur. Il ressentit quelque regret de devoir renoncer à son rêve d'une expédition à Santiago, puis le regret se mua en peur quand le libraire avisé lui déclara : « Et, pour le mois prochain, j'ai le *Troisième Livre des Odes*. »

Et pourtant aucun de ces deux livres ne parvint jusqu'à la dédicace. Par une matinée d'hiver ensoleillée toute pareille à celle qui n'a pas été davantage décrite en détail ci-dessus, la dédicace fut envoyée aux oubliettes. Mais pas, pour autant, la poésie.

3

Le jeune Mario Jimenez était né parmi les pêcheurs, mais il ne soupçonnait nullement pour autant que le courrier de ce jour-là contenait un hameçon qui allait lui permettre d'accrocher le poète. A peine lui eut-il remis le paquet de courrier que celui-ci, d'un coup d'œil aiguisé par le soleil de midi, repéra une lettre dont il déchira l'enveloppe sous les yeux de Mario. Ce fut ce comportement inédit, peu conforme à la discrétion et à la sérénité habituelles du barde, qui inspira au facteur le début d'un interrogatoire et, disons-le, d'une amitié.

— Pourquoi ouvrez-vous cette lettre avant les autres ?

— Parce qu'elle vient de Suède.

— Et qu'est-ce qu'elle a de spécial, la Suède, à part les Suédois ?

Malgré son flegme coutumier, le poète eut un battement des paupières.

— Le prix Nobel de littérature, fils.

— On va vous le donner.

— Si on me le donne, je ne le refuserai pas.

— Et ça fait combien d'argent ?

Le poète, qui en était arrivé à la moelle de la missive, dit avec simplicité :

— Cent cinquante mille deux cent cinquante dollars.

« Et cinquante cents », pensa Mario tout guilleret, mais il réprima d'instinct son impertinence chronique et préféra demander sur le mode le plus poli :

— Et alors ?

— Hmmm ?

— Ils vous le donnent, ce prix Nobel ?

— Ça se pourrait, mais cette année il y a des candidats qui ont davantage de chances.

— Pourquoi ?

— Parce qu'ils ont écrit de grandes œuvres.

— Et les autres lettres ?

— Je les lirai plus tard, soupira le barde.

— Ah !

Pressentant la fin de la conversation, Mario se laissa envahir par une absence semblable à celle de son client unique et favori, mais si extrême qu'elle força le poète à le questionner :

— A quoi penses-tu ?

— A ce que disent les autres lettres. Ce sont peut-être des lettres d'amour ?

Le robuste barde toussa.

— Dis donc, mon garçon, je suis marié ! Si Matilde t'entendait !

— Je vous demande pardon, don Pablo.

Neruda fouilla dans sa poche et en extirpa un billet du calibre « plus que correct ». Le facteur dit « merci », moins préoccupé de son montant que de la séparation imminente. L'immobilité consécutive à la mélancolie qui s'était emparée de lui atteignit un degré alarmant, de sorte que le poète, qui se disposait à rentrer, ne put faire moins que de s'intéresser à une inertie aussi prononcée.

— Qu'est-ce qui t'arrive ?

— Don Pablo ?

— Tu restes là planté comme un piquet.

Mario tordit le cou et, par en dessous, chercha les yeux du poète :

— Cloué comme une lance ? Plus coi qu'un chat de porcelaine ?

Neruda lâcha la poignée de la porte et se caressa la pointe du menton.

— Mario Jimenez, je n'ai pas écrit que les *Odes élémentaires*, j'ai écrit des livres bien meilleurs. C'est indigne de me faire subir ainsi n'importe quelles comparaisons et n'importe quelles métaphores.

— Don Pablo ?

— Métaphores, oui mon garçon.

— C'est quoi, ces choses-là ?

Le poète posa une main sur l'épaule du jeune homme.

— Pour t'expliquer plus ou moins imprécisément,

cela consiste à dire une chose en la comparant à une autre.

— Donnez-moi un exemple.

Neruda regarda sa montre et soupira.

— Eh bien, quand tu dis que le ciel pleure : qu'est-ce que tu veux exprimer ?

— C'est facile ! Qu'il pleut, voyons !

— Eh bien, c'est ça, une métaphore.

— Et pourquoi, si c'est une chose tellement facile, on emploie un nom si compliqué ?

— Parce que les noms n'ont rien à voir avec la simplicité ou la complexité des choses. Avec ta théorie une petite chose qui vole ne devrait pas avoir un nom aussi long que papillon. Pense qu'éléphant a le même nombre de lettres que papillon et pourtant c'est beaucoup plus grand et ça ne vole pas, conclut le poète d'un air accablé.

Il eut encore l'énergie de désigner le chemin de l'anse à Mario attentif. Mais le facteur eut suffisamment de présence d'esprit pour dire :

— Merde alors, comme j'aimerais être poète !

— Eh là ! Au Chili, tout le monde est poète. Tu seras plus original en restant facteur. Au moins tu marches beaucoup et tu n'engraisses pas. Au Chili, tous les poètes ont du ventre, moi comme les autres.

Neruda reprit la poignée de la porte et il se disposait à rentrer, quand Mario, les yeux rivés sur le vol d'un oiseau invisible, dit :

27

— Au moins, si j'étais poète, je pourrais dire ce que je veux.

— Et qu'est-ce que tu veux dire ?

— Eh bien, c'est justement ça, le problème. Comme je ne suis pas poète, je ne peux pas le dire.

Les sourcils froncés du barde se rejoignirent sur la racine de son nez.

— Mario ?

— Don Pablo ?

— Je vais te dire au revoir et fermer la porte.

— Oui, don Pablo.

— A demain.

— A demain.

Neruda rentra, jeta un coup d'œil sur le reste du courrier, puis il entrouvrit à nouveau la porte. Les bras croisés sur la poitrine, le facteur étudiait les nuages. Il marcha jusqu'à lui et, d'un doigt, il lui tapota l'épaule. Sans changer de posture, le garçon le regarda.

— J'ai rouvert parce que je me doutais bien que tu étais resté.

— C'est parce que je pense.

Neruda prit le facteur par le coude et le conduisit avec fermeté jusqu'au lampadaire contre lequel il avait laissé sa bicyclette.

— Et c'est pour penser, que tu restes planté là ? Si tu veux être poète, commence par penser en marchant. A moins que tu ne sois comme John Wayne qui ne pouvait pas marcher et mâcher des chicklets en même temps ? Tu

28

vas aller à l'anse par la plage et, en observant le mouvement de la mer, tu pourras peut-être inventer des métaphores.

— Donnez-moi un exemple !

— Écoute ce poème : « Ici dans l'Ile, la mer, et quelle mer. A chaque instant hors d'elle-même. Elle dit oui, et puis non, et encore non. Elle dit oui, en bleu, en écume, en galop. Elle dit non, et encore non. Elle ne peut se faire calme. Je me nomme mer, répète-t-elle en battant une pierre sans réussir à la convaincre. Alors, avec sept langues vertes de sept tigres verts, de sept chiens verts, de sept mers vertes, elle la couvre, la baise, la mouille et se frappe la poitrine en répétant son nom. »

Il observa une pose satisfaite.

— Comment le trouves-tu ?

— Bizarre.

— « Bizarre ». Quel critique sévère tu fais !

— Non, don Pablo. Ce n'est pas le poème qui est bizarre. Ce qui est bizarre, c'est ce que *moi* j'ai ressenti pendant que vous le récitiez.

— Mon cher Mario, il va falloir te dépêcher de mettre un peu d'ordre dans tes idées parce que je ne peux pas passer toute la matinée à jouir de ta conversation.

— Comment vous expliquer ? Pendant que vous disiez le poème, les mots bougeaient, ils passaient d'un bord à l'autre.

— Comme la mer, bien sûr !

29

— Oui, c'est vrai, ils allaient et venaient comme la mer.

— Ça, c'est le rythme.

— Et je me suis senti bizarre, parce que tout ce mouvement m'a chaloupé.

— Tu tanguais ?

— C'est ça. J'allais comme un bateau tremblant sur vos mots.

— « Comme un bateau tremblant sur mes mots » ?

— C'est ça !

— Sais-tu ce que tu viens de faire, Mario ?

— Quoi ?

— Une métaphore.

— Mais ça ne compte pas, elle m'est venue simplement par hasard.

— Il n'est pas d'autres images que celles qui sont dues au hasard, fils.

Mario porta la main à son cœur et voulut contrôler une palpitation trop violente qui lui était montée jusqu'à la langue et qui luttait pour éclater entre ses dents. Il s'arrêta de marcher et agita un doigt impertinent à quelques centimètres du nez de son éminent client :

— Est-ce que vous croyez que le monde entier, je veux dire *tout* le monde, avec le vent, les mers, les arbres, les montagnes, le feu, les animaux, les maisons, les déserts, les pluies…

— Ici, tu peux mettre « et caetera ».

— ... et les et caetera, est-ce que vous pensez que le monde entier est la métaphore de quelque chose ?

Neruda ouvrit la bouche et son robuste menton fit mine de se détacher de son visage.

— J'ai dit une connerie, don Pablo ?

— Non, mon ami, non.

— C'est que vous avez fait une drôle de tête.

— Non, c'est parce que je pense, c'est tout.

Il chassa d'un geste de la main une ombre imaginaire, remonta son pantalon défaillant et dit, pointant l'index sur la poitrine du jeune homme :

— Écoute, Mario. Nous allons faire un pacte. Tu me laisses aller tout de suite à la cuisine me préparer une omelette aux aspirines pour méditer sur ta question, et demain je te donne mon opinion.

— Vous parlez sérieusement, don Pablo ?

— Oui, mon ami. A demain.

Il s'en retourna vers la maison et, arrivé à la porte, il s'y adossa en croisant patiemment les bras.

— Vous ne rentrez pas ? lui cria Mario.

— Ah non ! Cette fois, j'attends que tu sois vraiment parti.

Mario prit son vélo contre le lampadaire, fit joyeusement tinter sa sonnette et il lança, avec un sourire si large qu'il embrassait à la fois le poète et le paysage :

— Au revoir, don Pablo.

— Au revoir, mon garçon.

4

Le facteur Mario Jimenez prit les paroles du poète au pied de la lettre et suivit le chemin qui menait à l'anse, en scrutant le va-et-vient de l'océan. Innombrables étaient les vagues, pur le soleil de midi, voluptueux le sable et légère la brise, mais aucune métaphore ne germa. Tout ce que la mer portait en elle d'éloquence n'était chez lui que mutisme. Il restait si énergiquement aphone qu'en comparaison les pierres lui parurent bavardes.

Découragé par l'austérité de la nature, il prit la résolution de marcher jusqu'à l'auberge afin de s'y consoler avec une bouteille de vin et de tâcher d'y rencontrer quelque oisif rôdant dans le bar qu'il pourrait, le cas échéant, défier au baby-foot. A défaut d'un terrain de jeu, les jeunes pêcheurs du village assouvissaient leurs inquiétudes sportives en s'arrondissant le dos sur le football de table.

De loin, lui parvint le fracas des coups métalliques mêlé à celui du juke-box qui labourait pour la énième fois les sillons de *Mucho amor* par les Ramblers, groupe dont la popularité s'était éteinte dans la capitale depuis dix ans mais qui restait toujours à la mode dans ce petit village. Il sentait déjà que la routine n'allait faire qu'ajouter à sa dépression et il entra dans la salle, disposé à convertir le pourboire du poète en vin, quand il fut saisi soudain d'une ivresse totale qui surpassait l'effet de tous les picrates qu'il avait pu connaître dans sa brève existence : il y avait là, jouant avec les marionnettes bleues oxydées, la fille la plus belle qu'il se souvînt avoir jamais vue, actrices, ouvreuses de cinéma, coiffeuses, collégiennes, touristes et vendeuses de disques comprises. Bien qu'il éprouvât ordinairement à l'égard des filles des tourments qui n'avaient d'égal que sa timidité — situation idéale pour rester à mijoter dans ses frustrations —, cette fois, il marcha vers la table de baby-foot avec l'audace de l'inconscience. Il s'arrêta derrière le goal rouge, dissimula sa fascination de façon parfaitement inefficace, ses yeux dansant à la poursuite de la balle bondissante, et, quand la fille fit vibrer violemment le cadre métallique en marquant un but, il la dévisagea avec le sourire le plus séducteur qu'il fût en état d'improviser. Elle répondit à cette avance par un geste comminatoire lui enjoignant de prendre en main les avants de l'équipe adverse. Mario s'était à peine aperçu que la fille jouait contre une amie et il n'en prit vraiment conscience que quand il heurta cette dernière de la hanche en la repoussant vers les arrières. Il n'avait pas encore eu dans sa vie beaucoup d'occasions de se rendre compte qu'il possédait un cœur aussi violent. Le sang lui battait tellement fort qu'il porta la main à sa poitrine pour tenter de l'apaiser. Alors la fille lança le ballon blanc sur le plateau de la table, fit mine de l'envoyer vers ce qui avait été jadis le cercle central mais que les ans avaient effacé, et, au moment où Mario s'apprêtait à manœuvrer ses barres pour l'impressionner par la dextérité de son jeu de poignets, elle reprit la balle et se la planta entre les dents dont l'éclat, dans cette humble salle, fit penser à une pluie d'argent. Puis elle avança son buste sanglé dans une blouse de deux tailles plus petite que ne l'exigeaient ses seins éloquents et l'invita à venir chercher le ballon dans sa bouche. Pris entre l'humiliation et l'hypnose, le facteur tendit une main droite hésitante et, à l'instant où ses doigts étaient sur le point de toucher le ballon, la fille recula et son sourire ironique le laissa le bras en l'air, figé comme au milieu d'un toast ridicule porté, sans coupe et sans champagne, à un amour qui ne se concrétiserait jamais. Puis elle balança son corps en se dirigeant vers le comptoir et ses jambes parurent battre la mesure d'une musique plus ondoyante que celle offerte par les Ramblers. Mario n'eut pas besoin de miroir pour deviner que son visage était rouge et humide. L'autre fille prit la place abandonnée et, d'un coup sévère du ballon sur le cadre, elle voulut le réveiller de sa transe. Mélancolique, le facteur reporta son regard sur le ballon puis sur son nouvel adversaire, et bien qu'il se fût révélé, face à

34

l'océan Pacifique, inapte à toute comparaison et à toute métaphore, il se dit avec rage que le jeu que lui proposait de reprendre cette pâle villageoise serait *a.* plus insipide que de danser avec sa propre sœur, *b.* plus assommant qu'un dimanche sans match, et *c.* aussi distrayant qu'une course d'escargots.

Sans même lui adresser un cillement d'adieu, il suivit le sillage de son adorée jusqu'au comptoir, s'affala sur un siège comme dans un fauteuil de cinéma et resta là de longues minutes à la contempler avec extase, tandis qu'elle soufflait sur les verres rustiques pour les embuer de son haleine puis les frottait avec un torchon bordé de volubilis jusqu'à ce qu'ils fussent impeccables.

5

Cosme, le postier, avait deux principes. Le socialisme, en faveur duquel il haranguait ses subordonnés, chose au demeurant superflue car tous étaient déjà convaincus ou militants, et le port de la casquette des Postes pendant le service. Il pouvait tolérer de Mario sa crinière plus emmêlée et plus prolétarienne que la coupe des Beatles, son blue-jean souillé de taches de graisse par la chaîne de la bicyclette, sa veste décolorée de péon, son habitude de s'explorer le nez avec le petit doigt, mais son sang bouillait quand il le voyait arriver sans couvre-chef. Aussi, lorsque le facteur entra et se dirigea tristement vers la table de tri en lâchant un « bonjour » exsangue, il le stoppa net d'un doigt dans le cou, le conduisit jusqu'à la patère où était accrochée sa casquette, la lui enfonça jusqu'aux sourcils et alors, seulement, l'invita à répéter son salut.

— Bonjour, chef.
— Bonjour, rugit-il.
— Il y a du courrier pour le poète ?

— Beaucoup. Et aussi un télégramme.

— Un télégramme ?

Le garçon s'en empara, essaya d'en deviner le contenu par transparence et, en un clin d'œil, il fut dans la rue et enfourcha sa bicyclette. Il pédalait déjà quand Cosme, le reste du courrier à la main, lui cria sur le pas de la porte :

— Tu oublies les autres lettres.

— Je les porterai après, lança-t-il en s'éloignant.

— Tu es un imbécile, cria Cosme. Ça te fera deux voyages.

— Non, chef, je ne suis pas un imbécile. Comme ça, je verrai le poète deux fois.

Arrivé à la porte de Neruda, il se pendit à la corde qui actionnait la clochette, en faisant fi de toute discrétion. Trois minutes de cet exercice n'amenèrent pas le poète pour autant. Il posa son vélo contre le lampadaire, rassembla ce qui lui restait de forces pour courir jusqu'aux rochers surplombant la plage d'où il découvrit Neruda à genoux, creusant le sable.

— J'ai eu de la chance, cria-t-il en sautant de roche en roche pour le rejoindre. Un télégramme !

— Tu as dû te lever tôt, mon garçon.

Mario arriva à sa hauteur et lui adressa dix secondes de halètements avant de récupérer l'usage de la parole.

— Ça ne fait rien. J'ai eu de la chance, parce que j'avais justement besoin de vous parler.

— Ça doit être très important. Tu souffles comme un cheval.

Mario essuya la sueur de son front d'un revers de la main, sortit le télégramme de sa cuisse et le mit dans la main du poète.

— Don Pablo, déclara-t-il, solennel. Je suis amoureux.

Le barde se fit un éventail du télégramme et l'agita devant son menton.

— Eh bien, répondit-il, ce n'est pas si grave que ça ! Le remède existe.

— Le remède ? Don Pablo, il existe peut-être un remède, mais je ne veux pas guérir, moi. Je veux rester malade. Je suis amoureux. Amoureux à la folie.

La voix du poète, traditionnellement lente, sembla cette fois laisser tomber deux pierres en place de mots.

— Contre qui ?

— Mais don Pablo...

— *De* qui, grosse bête.

— Elle s'appelle Beatriz.

— Diantre, Dante !

— Quoi, don Pablo ?

— Il y avait une fois un poète qui était tombé amoureux d'une certaine Béatrice. Les Béatrice provoquent des amours incommensurables.

Le facteur s'escrima avec son Bic sur la paume de sa main gauche.

— Que fais-tu ?

— J'écris le nom de ce poète : Dante.

— Dante Alighieri.

— Alighieri avec un H majuscule ?

— Non, mon garçon, avec un A.

— Et sa Beatriz à lui : avec un z comme la mienne ?

— Non. Béatrice, avec un c.

— C comme coquelicot ?

— Comme coquelicot, pavot et opium.

Le poète sortit son stylo vert, appliqua le dos de la main du garçon sur le rocher et écrivit les noms sur sa paume en lettres majestueuses. Puis il se disposa à ouvrir le télégramme, mais Mario se frappa le front de sa paume glorieuse et soupira :

— Don Pablo, je suis amoureux.

— Ça, tu l'as déjà dit. En quoi puis-je t'être utile ?

— Il faut que vous m'aidiez.

— A mon âge !

— Il faut que vous m'aidiez, parce que je ne sais pas quoi lui dire. Je la vois devant moi, et c'est comme si j'étais muet. Aucun mot ne sort.

— Comment ? Tu ne lui as pas parlé ?

— A peine. Hier, j'ai marché le long du rivage, comme vous me l'aviez dit. J'ai regardé la mer tout le temps, mais il ne m'est venu aucune métaphore. Alors je suis entré dans l'auberge et j'ai acheté une bouteille de vin. Et puis voilà, c'est elle qui m'a vendu la bouteille.

— Beatriz.

— Beatriz. Je suis resté à la regarder et je suis tombé amoureux d'elle.

Neruda gratta sa calvitie pacifique avec le dos de son stylo.

— Si vite que ça.

— Non. Pas si vite. Je l'ai bien regardée pendant dix minutes.

— Et elle ?

— Elle ? Elle m'a dit : « Qu'est-ce que t'as à me regarder comme ça ? Tu veux ma photo ? »

— Et toi ?

— Moi ? Je n'ai rien trouvé.

— Rien ? Rien du tout ? Tu ne lui as pas dit un seul mot ?

— Rien du tout, ou c'est tout comme. Je lui ai dit cinq mots.

— Lesquels ?

— « Comment tu t'appelles ? »

— Et elle ?

— Elle m'a dit : « Beatriz Gonzalez ».

— Tu lui as demandé : « Comment tu t'appelles ? » Bon, cela fait trois mots. Et les deux qui restent ?

— « Beatriz Gonzalez ».

— Beatriz Gonzalez ?

— Elle m'a dit : « Beatriz Gonzalez » et moi j'ai répété : « Beatriz Gonzalez ».

— Fils, tu m'as apporté un télégramme urgent, et si

nous continuons sur Beatriz Gonzalez, la nouvelle va me tomber en poussière entre les mains.

— D'accord. Ouvrez-le.

— Toi qui es facteur, tu dois savoir que la correspondance est privée.

— Je n'ai jamais ouvert une lettre.

— Je n'ai pas dit ça. Ce que je veux dire, c'est que chacun a le droit de lire son courrier tranquille, sans espions ni témoins.

— Je comprends, don Pablo.

— Tu m'en vois heureux.

Mario se sentit envahi d'un chagrin plus violent que la sueur dont il était trempé. D'une voix hypocrite, il murmura :

— Au revoir, poète.

— Au revoir, Mario.

Le barde lui tendit un billet de la classe « très bien » dans l'espoir de clore l'épisode par une démonstration de générosité. Mais Mario lui jeta un regard mourant et le lui rendit :

— Si ça ne vous gênait pas trop, au lieu de me donner de l'argent, j'aimerais bien que vous m'écriviez un poème pour elle.

Cela faisait bien des années que Neruda n'avait pas couru, mais il ressentit l'envie irrésistible de se sortir de ce mauvais pas en suivant la trace des oiseaux migrateurs qu'a chantés si tendrement le poète Gustavo Adolfo Becquer. De toute la vitesse que lui permettaient son âge

41

et son corps, il s'en fut vers la plage en levant les bras au
ciel.

— Mais je ne la connais même pas. Un poète a besoin
de connaître l'objet de son inspiration. Il ne peut pas
inventer à partir du néant.

— Écoutez, poète, dit le facteur. Si vous faites tant
d'histoires pour un simple poème, vous ne gagnerez
jamais le Nobel.

Neruda s'arrêta, suffoquant.

— Dis-moi, Mario, je voudrais que tu me pinces pour
me réveiller de ce cauchemar.

— Mais qu'est-ce que j'ai dit, don Pablo ? Vous êtes la
seule personne dans ce village qui peut m'aider. Tous les
autres sont des pêcheurs qui ne savent rien dire.

— Mais ces pêcheurs-là, ils ont tout de même été
amoureux et ils ont bien réussi à dire quelque chose qui
plaisait aux filles, non ?

— Des têtes de poisson !

— Mais ils les ont aimées et ils les ont épousées. Que
fait ton père ?

— Il est pêcheur, bien sûr !

— Tu vois ! Il a bien fallu qu'il parle à ta mère, pour la
convaincre de se marier avec lui.

— Don Pablo, votre comparaison ne colle pas, parce
que Beatriz est beaucoup plus belle que ma mère.

— Mon cher Mario, je ne résiste pas à la curiosité de
lire mon télégramme. Tu permets ?

— Je vous en prie.

— Merci.

Neruda voulut ouvrir l'enveloppe contenant le message, mais il ne réussit qu'à la déchiqueter. Se haussant sur la pointe des pieds, Mario essaya de lire par-dessus son épaule.

— Ça ne vient pas de Suède ?

— Non.

— Vous croyez que vous aurez le prix Nobel, cette année ?

— J'ai cessé de me préoccuper de ça. Je trouve irritant de voir mon nom figurer dans les compétitions annuelles comme si j'étais un cheval de course.

— Alors il est de qui, ce télégramme ?

— Du Comité central du Parti.

Le poète observa une pause théâtrale.

— Mon garçon, ne serions-nous pas un vendredi 13, par hasard ?

— Mauvaises nouvelles ?

— Très mauvaises ! Ils me proposent d'être candidat à la présidence de la République !

— Mais c'est formidable ça, don Pablo !

— Formidable d'être désigné comme candidat, oui. Mais après, imagine que je sois élu ?

— Bien sûr que vous serez élu. Tout le monde vous connaît. Dans la maison de mon père il n'y a qu'un seul livre et c'est un livre de vous.

— Et qu'est-ce que ça prouve ?

— Comment, qu'est-ce que ça prouve ? Si mon papa,

43

qui ne sait ni lire ni écrire, a un livre de vous, cela veut
dire que nous gagnerons.

— « Nous » ?

— Bien sûr ! En tout cas, je voterai pour vous.

— Je te remercie de ton soutien.

Neruda plia la dépouille mortelle du télégramme et
l'ensevelit dans la poche arrière de son pantalon. Le
facteur le regardait avec une expression humide dans les
yeux qui rappela au barde un chiot sous le crachin de son
village natal de Parral.

Sans sourciller, il dit :

— Et maintenant, allons à l'auberge faire la connaissance de cette fameuse Beatriz.

— Don Pablo, vous plaisantez.

— Je parle sérieusement. Allons au bar, prenons
un verre et jetons un coup d'œil sur l'objet de ton
amour.

— Elle va mourir de saisissement quand elle nous
verra arriver tous les deux. Pablo Neruda et Mario
Jimenez buvant ensemble à l'auberge ! Elle meurt !

— Ce serait trop triste. Au lieu de lui écrire un
poème, il faudrait lui confectionner une épitaphe.

Le barde se mit en marche avec énergie mais, voyant
que Mario restait en arrière, pétrifié sur l'horizon, il fit
demi-tour et lui dit :

— Qu'est-ce qui se passe, maintenant ?

Le facteur le rejoignit en courant et le regarda dans les
yeux :

— Don Pablo, si je me marie avec Beatriz Gonzalez, est-ce que vous accepterez d'être mon témoin ?

Neruda caressa son menton rasé de près, fit mine de retourner la réponse dans sa tête, puis porta à son front un doigt apodictique.

— Buvons d'abord notre verre à l'auberge, et ensuite nous prendrons une décision sur ces deux questions.

— Comment, ces deux questions ?

— Bien sûr. La présidence de la République et Beatriz Gonzalez.

6

Quand le pêcheur vit entrer dans l'auberge Pablo Neruda accompagné d'un jeune homme anonyme qui semblait rivé à une sacoche de cuir plus qu'il ne la portait, il décida d'alerter la nouvelle serveuse de l'arrivée de cette compagnie partiellement illustre.

— On vous demande !

Les nouveaux venus s'installèrent sur deux sièges face au bar et virent s'avancer à leur rencontre, longeant l'autre côté du comptoir, une fille de dix-sept ans environ, la chevelure châtain emmêlée par la brise, des yeux marron tristes et assurés, ovales comme des prunes, un cou glissant vers des seins malicieusement comprimés dans la chemisette blanche trop petite de deux tailles, déjà citée, les deux pointes agressives cachées sous le tissu, avec une ceinture comme on en met pour danser le tango jusqu'à épuisement du vin et de la nuit. Il y eut un bref répit, juste le temps nécessaire pour que la petite sorte de derrière le bar et aborde le plancher de la salle, et ils eurent la révélation de la partie de son corps qui supportait ces attributs : le secteur au-dessous de la ceinture s'ouvrait par une paire de hanches étourdissantes moulées dans une mini-jupe appelant l'attention sur les jambes, se prolongeait par des genoux cuivrés et se terminait en une lente danse de pieds nus, agrestes et ronds ; puis, de là, la peau réclamait que l'on revienne minutieusement sur chaque parcelle, jusqu'à ses yeux couleur café qui avaient su passer de la mélancolie à la malice en posant leur regard sur la table des hôtes :

— Le roi du baby-foot, dit Beatriz Gonzalez en appuyant son petit doigt sur la toile cirée. Qu'est-ce qu'on vous sert ?

Mario demeura le regard rivé sur ses yeux et pendant une demi-minute il tenta d'obtenir de son cerveau qu'il lui donne les informations minimales pour survivre au choc qui l'anéantissait : qui suis-je, où suis-je, comment fait-on pour respirer, comment fait-on pour parler ?

La fille eut beau répéter : « Qu'est-ce qu'on vous sert ? » en tambourinant sur la table toute la gamme de ses doigts fragiles, Mario Jimenez ne parvint qu'à s'enfoncer dans son silence. Alors Beatriz Gonzalez dirigea son regard impérieux vers son compagnon et formula, d'une voix modulée par cette langue qui fulgurait entre les dents généreuses, une question que Neruda eût considérée comme de routine en d'autres circonstances :

— Et pour vous, qu'est-ce que ça sera ?

— La même chose que lui, répondit le barde.

Deux jours plus tard, un camion ahanant couvert d'affiches à l'image du barde qui, toutes, psalmodiaient « Neruda, président », vint arracher celui-ci à sa retraite. Le poète a résumé dans son journal ce qu'il avait ressenti : « Comme un coup de tonnerre, la vie politique vint me ravir à mes travaux. La multitude humaine a été pour moi la leçon de ma vie. Je peux venir à elle avec la timidité inhérente au poète, mais une fois dans son sein, je me sens transfiguré. Je suis une fraction de l'essentielle majorité, je suis une feuille de plus du grand arbre humain. »

C'est une feuille désolée de cet arbre qui accourut pour lui dire adieu : le facteur Mario Jimenez. Le poète l'embrassa et lui donna, non sans une certaine solennité, l'édition Losada de ses œuvres complètes en deux volumes reliés de cuir rouge sur papier bible, mais il n'en ressentit aucune consolation. Même la dédicace, qui eût jadis dépassé ses espoirs les plus fous, ne put, quand il la lut, dissiper sa mélancolie : « A mon très cher ami et camarade Mario Jimenez, Pablo Neruda. »

Il vit partir le camion par le chemin de terre et il souhaita que la poussière qu'il soulevait le recouvre définitivement comme un cadavre vivant.

Par loyauté envers le poète, il fit le serment de ne pas mourir sans avoir lu chacune de ces trois mille pages. Il expédia les cinquante premières au pied du carillon,

48

tandis que la mer qui avait inspiré au poète tant d'images fulgurantes essayait de distraire son attention en répétant son refrain, tel un souffleur monotone : « Beatriz Gonzalez, Beatriz Gonzalez ».

Il resta à rôder deux jours autour du bar, ses deux volumes amarrés sur le porte-bagages de son vélo, avec un cahier de marque « Torre » dont il avait fait l'acquisition à San Antonio dans la perspective d'y noter les images éventuelles que sa fréquentation du lyrisme torrentiel du maître devait l'aider à concevoir. Les pêcheurs le virent, indifférent aux gouffres de l'océan, s'épuiser sur son crayon, sans savoir que le garçon remplissait les feuilles de cercles et de triangles dénués de signification, radiographie de son imagination incertaine. Il n'en fallut pas davantage pour que le bruit courût autour de l'anse qu'en l'absence de Pablo Neruda le facteur Mario Jimenez s'apprêtait à hériter de son sceptre. Ainsi occupé de façon professionnelle à parfaire son affliction avec un soin maniaque, il ne prêta nulle attention aux lazzis et aux quolibets jusqu'au soir où, cahotant dans les dernières pages de *Vaguedivague*, assis sur le môle où les pêcheurs vendaient leur pêche, survint une camionnette munie de haut-parleurs qui clamaient entre deux borborygmes le slogan : « Faisons barrage au marxisme avec le candidat du Chili : Jorge Alessandri », nuancé par cet autre, moins ingénieux mais plus véridique : « Un homme d'expérience au gouvernement : Jorge Alessandri Rodriguez ». Du véhicule braillard descendirent deux hommes vêtus de blanc qui s'approchèrent du groupe avec des sourires pléthoriques, spectacle rare dans ces parages où la pénurie de dents ne favorise pas ce genre de gaspillage. L'un d'eux était le député Labbé, représentant de la droite dans la circonscription, qui avait promis lors de la campagne précédente de faire arriver l'électricité jusqu'à l'anse et qui se hâtait lentement de tenir ses engagements comme en faisait foi l'inauguration d'un déconcertant feu de croisement — du reste parfaitement réglementaire, avec ses trois couleurs — au carrefour des chemins de terre empruntés par le camion de ramassage du poisson, la bicyclette Legnano de Mario Jimenez, quelques ânes, des chiens et des poules écervelées.

— Nous voici ! Nous travaillons pour Alessandri, clama-t-il en tendant des tracts.

Les pêcheurs les prirent avec la politesse que donnent des années d'analphabétisme et de vote à gauche, contemplèrent la photo du vieil ex-président dont l'expression convenait parfaitement à ses pratiques et à ses prêches austères, et mirent les feuilles dans leurs chemises. Seul, Mario tendit la sienne pour la rendre :

— Moi, je voterai pour Neruda, dit-il.

Le député Labbé sourit à Mario et élargit son sourire à tout le groupe de pêcheurs. Ils étaient tous sous le charme de son allure sympathique. Il est probable qu'Alessandri lui-même en savait quelque chose et que c'est pour cette raison qu'il l'envoyait faire campagne chez ces pêcheurs aussi habiles dans l'art de préparer des hameçons pour la pêche que dans celui d'éviter de s'y laisser prendre.

— Neruda ! répéta Labbé, et il sembla qu'il faisait rouler chaque syllabe du nom du poète sur chacune de ses dents. Neruda est un grand poète. Mais franchement, messieurs, franchement, non : je ne le vois pas président du Chili.

Il braqua le tract sur Mario en disant :

— Allons ! Lis-le. Tu verras, tu seras d'accord.

Le facteur mit le papier plié dans sa poche, tandis que le député se baissait pour remuer des clovisses dans un panier :

— Tu les fais à combien la douzaine ?

— Cent cinquante, parce que c'est vous.

— Cent cinquante ! Pour ce prix-là, tu dois me garantir une perle dans chaque coquille !

Les pêcheurs rirent, conquis par le naturel de Labbé. Certains riches Chiliens possèdent ainsi cette grâce de créer, partout où ils vont, un climat favorable. Le député se releva, fit deux pas en s'écartant de Mario, élargit son sourire de courtisan royal jusqu'à la béatitude et lui dit d'une voix suffisamment forte pour que nul n'en perde rien :

— J'ai entendu dire que tu t'adonnes à la poésie ? On raconte que tu fais concurrence à Pablo Neruda.

Les éclats de rire des pêcheurs explosèrent aussi fort que la rougeur de sa peau : il se sentit étranglé, interloqué, asphyxié, abasourdi, atrophié, malotrus, rustre, incarnat, écarlate, cramoisi, vermeil, vermillon, pourpre, moite, avili, agglutiné, point final. Pour une fois les mots accoururent au galop dans son esprit, mais c'était : « Je voudrais mourir ».

C'est alors que d'un geste princier le député Labbé donna l'ordre à son assistant de prendre quelque chose dans son attaché-case en cuir. La chose en question resplendit au soleil de l'anse : c'était un album doublé de maroquin bleu où s'inscrivaient deux initiales à l'or fin et dont le grain précieux faisait pâlir le bon cuir de l'édition Losada du poète. Les yeux du député Labbé reflétèrent une profonde tendresse, cependant qu'il lui tendait l'album en disant :

— Prends, mon garçon. C'est pour y écrire tes poèmes.

Lentement, délicieusement, la rougeur s'effaça de sa peau comme si une vague de fraîcheur était venue le sauver, et la vie fut de nouveau, sinon belle, du moins tolérable. La respiration lui revint, il poussa un profond soupir et, avec un sourire prolétarien mais non moins sympathique que celui de Labbé, il dit en faisant glisser ses doigts sur la surface luisante du cuir bleu :

— Merci, monsieur Labbé.

7

Elles étaient de satin, les pages de l'album, et si éclatante était leur blancheur que Mario trouva là un heureux prétexte pour ne pas écrire de vers dessus. Il serait bien temps, quand il aurait gribouillé ses brouillons sur le cahier Torre de prendre l'initiative de se désinfecter les mains au savon « Flor de Pravia » et d'expurger ses métaphores pour n'en transcrire que les meilleures avec un stylo vert comme ceux que le barde avait l'habitude de crever sous lui. Dans les semaines qui suivirent, sa stérilité ne fit que croître, en totale contradiction avec sa renommée de poète qui grossissait toujours. On avait tant causé de son flirt avec les muses que le bruit en parvint au postier, qui le pria de façon comminatoire de lire quelques-uns de ses vers dans une réunion politico-culturelle du parti socialiste de San Antonio. Le facteur s'en tira en récitant l'« Ode au vent » de Neruda, événement qui lui valut une petite ovation, et il fut prié de revenir aux réunions pour distraire les militants et les sympathisants avec l'« Ode au court-bouillon de congre ». Toujours avisé, le postier se

53

proposa d'organiser la soirée suivante chez les pêcheurs du port.

Ni ses exhibitions publiques ni la paresse engendrée par l'absence de tout client à qui distribuer le courrier n'atténuèrent sa folle envie d'aborder Beatriz Gonzalez dont la beauté gagnait chaque jour en perfection mais qui continuait à ignorer les effets que ces progrès produisaient chez le facteur. Au moment où celui-ci, après avoir appris par cœur un contingent suffisamment généreux de vers du barde, se proposait enfin de les lui administrer pour la séduire, il fut envoyé au tapis par la plus redoutable des institutions chiliennes : la belle-mère. Un matin qu'il attendait patiemment dissimulé au pied du lampadaire du coin, il vit Beatriz ouvrir la porte : déjà il se démasquait en murmurant son nom, quand la mère entra en scène, le dévisagea comme on catalogue un insecte et lui lança un « bonjour » sur un ton qui signifiait sans équivoque : « Disparais ».

Le jour suivant, optant pour une stratégie diplomatique, il choisit un moment où l'aimée n'était pas à l'auberge, gagna le bar, posa sa sacoche sur le comptoir et demanda à la mère une bouteille d'un vin d'excellente marque qu'il glissa entre les lettres et les imprimés.

Il se racla la gorge, parcourut l'auberge du regard comme s'il la voyait pour la première fois et dit :

— C'est joli, chez vous.

A quoi la mère de Beatriz répondit poliment :

— Je ne vous ai pas demandé votre avis.

Mario baissa les yeux sur sa sacoche de cuir, pris d'une envie de s'y engloutir et d'aller tenir compagnie à la bouteille. Il se racla encore une fois la gorge :

— Il y a beaucoup de courrier pour Neruda. Je le garde avec moi pour qu'il ne se perde pas.

La femme croisa les bras, pointa un nez hargneux et demanda :

— Et alors quoi ? Pourquoi vous me racontez ça ? Vous voulez absolument me tenir le crachoir ?

Stimulé par cette conversation fraternelle, au crépuscule de ce jour-là, à l'heure où le soleil orange fait les délices des apprentis bardes et des amoureux, il suivit les pas de Beatriz sur la plage sans se douter que la mère l'observait du haut de son balcon et, arrivé aux rochers, le cœur entre les dents, il lui parla. D'abord avec véhémence, puis, comme s'il était une marionnette et Neruda son ventriloque, il parvint à une aisance qui fit fleurir les images avec un tel enchantement que la conversation, ou plutôt le récital, dura jusqu'à ce que l'obscurité devînt totale.

Quand Beatriz revint des rochers directement à l'auberge et provoqua la stupeur de deux pêcheurs attablés en ramassant, comme une somnambule, la bouteille encore à moitié pleine qu'ils étaient en train d'écluser aux accents de *la Voile*, boléro de Roberto Lecaros, la mère se dit qu'il était temps de fermer, dédommagea ses clients de leur consommation interrompue, les poussa vers la porte et mit le verrou.

Elle la trouva dans sa chambre, s'offrant au vent d'automne, le regard aiguisé par la pleine lune oblique, ombre confuse sur le couvre-lit, la respiration en déroute.

— Qu'est-ce que tu fais là ? demanda-t-elle.

— Je pense.

D'un geste sec elle fit jouer l'interrupteur et la lumière agressa le visage défait de sa fille.

— Ah tu penses ? Alors je veux savoir la tête que tu fais quand tu penses.

Beatriz se couvrit les yeux de ses mains.

— Et avec la fenêtre ouverte, en plein automne ! ajouta-t-elle.

— C'est ma chambre, maman.

— Mais les notes du docteur, c'est moi qui les paierai. Nous allons parler clair, ma petite fille. Qui est-ce ?

— Il s'appelle Mario.

— Et qu'est-ce qu'il fait ?

— Il est facteur.

— Facteur ?

— Tu n'as pas vu sa sacoche ?

— Bien sûr que je l'ai vue, sa sacoche. Et j'ai vu aussi à quoi elle lui sert, sa sacoche. A mettre une bouteille de vin dedans.

— Il avait fini sa tournée.

— Et il le porte à qui, le courrier ?

— A don Pablo.

— Neruda ?

— Bien sûr. Ils sont amis.

— C'est lui qui te l'a dit ?

— Je les ai vus ensemble l'autre jour. Ils sont venus discuter à l'auberge.

— Et de quoi ils ont parlé ?

— De politique.

— Ah ! Parce qu'en plus, il est communiste !

— Mais maman, Neruda va être président du Chili.

— Mademoiselle, si vous vous mettez à confondre poésie et politique, vous ne tarderez pas à vous retrouver fille-mère. Et qu'est-ce qu'il t'a dit ?

Beatriz avait le mot sur le bout de la langue, mais elle le laissa mijoter quelques secondes dans sa salive brûlante.

— Des métaphores.

La mère s'agrippa à la pomme du rustique lit métallique et la serra jusqu'à ce qu'elle soit convaincue qu'elle pouvait la faire fondre.

— Qu'est-ce que tu as, maman ? A quoi tu penses ?

La femme vint près de sa fille, se laissa chuter sur le lit et dit d'une voix défaillante :

— Je ne t'avais jamais entendu prononcer un mot si long. Et qu'est-ce qu'il t'a dit, comme « métaphores » ?

— Il m'a dit... Il m'a dit que mon sourire se déploie comme un papillon sur mon visage.

— Et quoi encore ?

— Eh bien, quand il a dit ça, j'ai ri.

— Et ensuite ?

— Ensuite, il a dit quelque chose sur mon rire. Il a dit que mon rire était une rose, une lance qui s'égrène, une eau qui se brise. Il a dit que mon rire était une fulgurante vague d'argent.

La mère s'humecta les lèvres d'une langue tremblante.

— Et alors, toi, qu'est-ce que tu as fait ?

— Je suis restée muette.

— Et lui ?

— Qu'est-ce qu'il m'a dit après ?

— Non, ma petite fille ! Qu'est-ce qu'il t'a *fait* après ? Parce que ton facteur, il a une bouche mais il a aussi des mains.

— Il ne m'a pas touchée. Pas une fois. Il a dit qu'il était heureux d'être étendu auprès d'une jeune fille pure comme la rive d'un océan blanc.

— Et toi ?

— Moi, je suis restée sans rien dire. Je pensais.

— Et lui ?

— Il a dit qu'il aimait mon silence parce qu'il était comme une absence.

— Et toi ?

— Moi, je l'ai regardé.

— Et lui ?

— Lui, il m'a regardée aussi. Et après, il a cessé de

regarder mes yeux et il est resté longtemps à regarder mes cheveux, sans rien dire, comme s'il pensait. Et ensuite, il m'a dit : « Le temps me manque pour célébrer tes cheveux, pour les compter un à un et les chanter. »

La mère se mit debout et croisa ses mains sur sa poitrine, les paumes disposées comme le tranchant d'une guillotine.

— Ma petite fille, ça suffit comme ça ! Nous sommes devant un cas très dangereux. Ces hommes qui attaquent d'abord avec la parole, ce sont ceux qui vont ensuite le plus loin avec les mains.

— Mais les mots ne peuvent pas faire de mal ! dit Beatriz en étreignant sa couverture.

— Il n'y a pas de pire drogue que le boniment. Il peut faire croire à une serveuse de village qu'elle est une princesse vénitienne. Et ensuite, quand vient l'heure de vérité, le retour à la réalité, tu te rends compte que les mots sont un chèque sans provision. Je préfère mille fois qu'un ivrogne te mette la main au cul dans le bar plutôt qu'on vienne te raconter que ton sourire vole plus haut qu'un papillon !

— *Se déploie* comme un papillon, protesta Beatriz.

— Vole ou se déploie, c'est du pareil au même. Et tu sais pourquoi ? Parce que derrière les mots, il n'y a rien. Ce sont des feux de Bengale qui s'évanouissent dans l'air.

— Les mots que Mario m'a dits ne se sont pas

59

évanouis dans l'air. Je les sais par cœur et cela me fera plaisir d'y penser en travaillant.

— J'ai compris. Demain tu fais ta valise et tu vas passer quelques jours chez ta tante à Santiago.

— Je ne veux pas.

— Ton opinion ne m'intéresse pas. C'est grave.

— Pourquoi c'est grave qu'un mec me parle ? Ça arrive à toutes les nanas.

La mère tordit son fichu.

— D'abord ça se sent à une lieue que les choses qu'il t'a dites, il les a copiées chez Neruda.

Beatriz ploya le cou et contempla le mur comme si ç'eût été l'horizon.

— Non maman ! Il me regardait, et les paroles lui sortaient de la bouche comme des oiseaux.

— « Lui sortaient de la bouche comme des oiseaux » ? Cette nuit même tu fais ta valise et tu pars pour Santiago. Tu sais comment ça s'appelle, quand on dit des choses qu'on a prises en cachette à quelqu'un d'autre ? Un plagiat ! Et ton plagiaire de Mario, ça peut le mener en prison d'être allé te dire des... métaphores ! Je vais lui téléphoner, moi, au poète pour lui dire que le facteur lui vole ses vers.

— Parce que madame croit peut-être que don Pablo a le temps de s'occuper de ça ? Il est candidat à la présidence de la République, il va probablement avoir le prix Nobel, et madame va aller lui casser les pieds pour une histoire de métaphores !

La femme se passa le pouce sur le nez à la manière des boxeurs professionnels.

— « Une histoire de métaphores » ! Tu vois dans quel état tu es ?

Elle attrapa la petite par l'oreille et l'attira vers elle jusqu'à ce que leurs nez se touchent.

— Maman !

— Tu es moite comme une plante. La fièvre que tu as, ma fille, il n'y a que deux médicaments pour la soigner : les cachets ou les voyages.

Elle lâcha l'oreille de sa fille, tira la valise de dessous le lit et la jeta sur la courtepointe :

— Allez, fais tes bagages !

— Je ne suis pas d'accord. Je reste !

— Ma petite fille, les paroles entraînent les ennuis comme les rivières charrient les cailloux. Fais ta valise !

— Je sais me défendre.

— Et comment, que tu sais te défendre ! Dans l'état où tu es il suffirait de te frôler avec le petit doigt. Et rappelle-toi que j'ai lu Neruda bien avant toi. Comme si je ne savais pas que quand ça leur chauffe le bas-ventre, tous les hommes font les poètes !

— Neruda est quelqu'un de sérieux. Il va être président !

— Quand il s'agit d'aller au lit, ils sont tous pareils, présidents, curés ou poètes communistes. Tu sais qui a écrit : « J'aime l'amour des marins qui donnent un baiser et s'en vont. Ils laissent une promesse et jamais ne reviennent » ?

— Neruda ?

— Bien sûr que c'est Neruda. Et toi, tu bois ça comme du petit lait.

— Je ne vois pas pourquoi tu fais un scandale pour une histoire de baiser.

— Pour un baiser, non, mais le baiser, c'est l'étincelle qui provoque l'incendie. Tiens, écoute encore ce vers de Neruda : « J'aime l'amour qui se partage entre les baisers, le *lit* et le pain ». En clair, fillette, ça veut dire que cette chose-là c'est petit déjeuner au lit compris.

— Maman !

— Et après ça, mademoiselle, votre facteur vous récitera l'immortel poème nérudien que j'ai recopié sur mon album quand j'avais votre âge : « Je n'en veux pas, aimée, pour que rien ne nous lie, pour que rien ne nous amarre ».

— Alors là, je ne comprends pas de quoi il parle.

De ses mains, la mère dessina la forme d'un petit ballon imaginaire s'enflant à partir de son nombril, atteignant son apogée à la hauteur du bas-ventre et se réduisant sur les hanches. Elle accompagna ce mouvement aérien en martelant chaque syllabe du vers : « Je-n'*en*-veux-pas-ai-mée-pour-que-rien-ne-nous-lie, pour-que-rien-ne-nous-a-ma-rre ».

La petite suivit jusqu'à son terme la trajectoire turgescente du doigt de sa mère et, soudain, inspirée par la vue de son alliance de veuve, elle demanda d'une voix de petit oiseau :

— Ah ! Tu veux dire l'anneau ?

La mère s'était juré, après la mort de son mari légitime, père de Beatriz, de ne plus jamais pleurer de sa vie — ou du moins d'attendre qu'il y ait dans la famille un autre défunt aussi cher. A cet instant, pourtant, une larme livra bataille pour sourdre de sa paupière.

— C'est ça, ma petite fille : l'anneau. Fais bien gentiment ta petite valise. C'est tout ce que je te demande.

La jeune fille mordit la couverture pour montrer que ses dents n'étaient pas seulement capables de séduire mais aussi de déchirer l'étoffe et la chair, puis elle vociféra :

— C'est ridicule ! Parce qu'un homme m'a dit que mon sourire voltige sur mon visage comme un papillon, il faut que je parte à Santiago !

— Ne fais pas la dinde ! éclata à son tour la mère. *Aujourd'hui*, ton sourire est un papillon, mais demain tes tétons seront deux colombes qui veulent qu'on les fasse roucouler, tes mamelons deux framboises fondantes, ton cul le gréement d'un vaisseau et la chose qui fume en ce moment entre tes jambes le sombre brasier de jais où se forge le métal en érection de la race ! Bonsoir !

8

Pendant une semaine, les métaphores de Mario lui restèrent bloquées dans le gosier. Beatriz demeurait prisonnière dans sa chambre, ou bien ne sortait faire les courses ou se promener le long des rochers que les griffes de sa mère solidement crochées à son bras. Il les suivait de très loin en se dissimulant dans les dunes, avec la certitude que sa présence pesait une tonne sur la nuque de la dame. A chaque fois que la fille se retournait, la femme la redressait d'une traction sur les oreilles qui, pour être protectrice, n'en était pas moins douloureuse.

Le soir, il traînait, inconsolable, aux abords de l'auberge à écouter *la Voile* dans l'espoir de retrouver, à la faveur de l'ombre, cette mini-jupe qu'il ne rêvait plus, au point où il en était, que de soulever de la pointe de sa langue. Pris d'un mysticisme juvénile, il décida de ne recourir à aucune pratique manuelle pour soulager la fidèle et croissante érection qu'il dissimulait le jour sous les volumes du barde et qu'il combattait la nuit jusqu'à la torture. Un romantisme bien pardonnable le faisait s'imaginer qu'à chaque fois qu'il frappait une métaphore, qu'il poussait un soupir, qu'il rêvait de la langue de la fille contre son oreille, entre ses jambes, il forgeait une force cosmique qui nourrissait son sperme. Ainsi pourvu d'hectolitres de cette substance bonifiée, viendrait le jour où il ferait léviter de bonheur Beatriz Gonzalez, quand Dieu se déciderait à prouver son existence en la mettant dans ses bras d'une manière ou d'une autre, infarctus du myocarde de la mère ou rapt famélique.

Le dimanche de cette semaine-là, le camion rouge qui avait emmené Neruda deux mois plus tôt le ramena à son refuge de l'Ile Noire. Mais, cette fois, le véhicule était tapissé d'affiches à l'effigie d'un homme dont le visage de père sévère contrastait avec une tendre et noble poitrine de pigeon. Sur toutes était inscrit le même nom : Salvador Allende.

Les pêcheurs coururent derrière le camion, et Mario, parmi eux, mit en œuvre ses maigres dons d'athlète. Coiffé de son habituelle casquette de jockey, son poncho doublé sur les épaules, Neruda improvisa un discours bref mais qui parut à Mario infini :

— Ma candidature a fait des étincelles, dit le barde en humant l'arôme de cette mer qui était aussi sa maison. J'étais sollicité de toutes parts. Combien m'émouvaient ces centaines d'hommes et de femmes du peuple qui me pressaient, m'embrassaient et pleuraient ! A tous je parlais ou je lisais mes poèmes. Sous une pluie battante, parfois, dans la boue des rues et des chemins. Sous le vent austral qui faisait grelotter les gens. J'étais de plus en plus enthousiaste. A chaque meeting l'assistance se faisait plus nombreuse. A chaque meeting se pressaient plus de femmes.

Les pêcheurs rirent.

— Je commençais à penser, fasciné et terrifié, à ce que j'allais faire si je finissais par être élu président de la République. C'est alors qu'est arrivée la bonne nouvelle.

Le poète tendit le bras vers les affiches qui couvraient le camion.

— Allende est apparu comme candidat unique de toutes les forces de l'Unité populaire. Mon parti était d'accord et j'ai aussitôt renoncé à ma candidature. Devant une multitude immense et joyeuse, nous avons pris la parole ensemble, moi pour me retirer, Allende pour se présenter.

L'auditoire applaudit avec une vigueur bien supérieure au nombre des présents et Neruda descendait déjà du marchepied, avide de retrouver son écritoire, ses coquillages, ses vers inachevés et ses figures de proue, quand Mario l'aborda en lançant ces deux mots qui sonnèrent comme une supplication :

— Don Pablo...

Le poète esquissa un subtil mouvement de torero pour éviter le garçon.

— Demain, lui dit-il, demain.

Cette nuit-là, le facteur occupa son insomnie à compter les étoiles, à se ronger les ongles, à écluser un âcre vin rouge, à se griffer les joues.

Le jour suivant, quand Mario alla chercher le courrier du poète, le postier fut pris de pitié devant son aspect cadavérique et lui prodigua le seul conseil réaliste qui lui vint à l'esprit :

— Pour l'instant, c'est vrai, Beatriz est une beauté. Mais dans cinquante ans, elle sera une vieille femme. Console-toi en pensant à ça.

Puis il lui tendit le paquet de courrier. L'élastique qui le maintenait se détendit et une lettre attira l'attention du garçon à tel point que, cette fois encore, il laissa le reste sur le comptoir.

Il trouva le poète sur sa terrasse en train de reprendre des forces devant un solide petit déjeuner tandis que voltigeaient autour de lui les mouettes étourdies par le reflet du soleil crépitant sur la mer.

— Don Pablo, annonça-t-il triomphalement, je vous apporte une lettre.

Le poète savoura une gorgée de son café à l'arôme pénétrant et haussa les épaules.

— Dans la mesure où tu es facteur, cela n'a rien pour m'étonner.

— C'est comme ami et comme camarade que je vous le demande : ouvrez-la et lisez-la-moi.

— Tu veux que je te lise mon courrier ?

— Oui, parce que c'est une lettre de la mère de Beatriz.

Il la posa sur la table, mince comme une lame effilée.

— La mère de Beatriz m'écrit, à moi ? Il y a anguille sous roche et je donne ma langue au chat. A propos, cela me fait penser à mon « Ode au chat ». Il y avait là trois images qui tiennent encore le coup : le chat, tigre de salon miniature, police secrète des demeures et sultan érotique des tuiles faîtières.

— Poète, je n'ai pas la tête aux métaphores. S'il vous plaît : la lettre !

Neruda mit une telle maladresse à déchirer l'enveloppe avec le couteau à beurre que l'opération dura plus d'une minute. « Les gens ont raison de dire que la vengeance est le plaisir des dieux », pensa-t-il tandis qu'il s'attardait à étudier le timbre qui y était imprimé en s'intéressant à chaque boucle de la barbe de l'éminent personnage représenté, puis faisait semblant de déchiffrer le tampon illisible de la poste de San Antonio et, enfin, écrasait une miette de pain que l'expéditrice y avait laissé collée. Nul maître du film policier n'avait réussi à faire subir un tel suspense au facteur. Orphelin de ses ongles, il se mordit la pulpe des doigts, l'un après l'autre.

Le poète entreprit de lire la missive en adoptant le ton qu'il prenait habituellement pour déclamer ses vers :

« Cher don Pablo. La signataire de ces lignes est Rosa, veuve Gonzalez, nouvellement gérante de l'auberge de l'anse, admiratrice de votre poésie et sympathisante démocrate chrétienne. Je n'aurais certainement pas voté pour vous aux prochaines élections et je ne voterai pas pour Allende, mais c'est en qualité de mère, de Chilienne et de voisine de l'Ile Noire que je vous prie de me fixer d'urgence un rendez-vous pour que je puisse vous parler... »

Arrivé à cet endroit, le barde, plus par stupeur que par malignité, termina sa lecture en silence. En voyant la soudaine gravité de son visage, le facteur s'ensanglanta la cuticule du petit doigt. Neruda se mit en devoir de plier la lettre, lança au garçon un regard enveloppant et acheva de mémoire :

— « ... à propos d'un certain Mario Jimenez, *séducteur de mineures*. Veuillez croire à mes sentiments distingués. Rosa, veuve Gonzalez. »

Il se leva et dit d'un air profondément convaincu :

— Camarade Jimenez : dans ce collier-là, comme disait le lapin, je ne passerai pas le cou.

Mario le poursuivit jusqu'à la salle qu'assombrissaient les coquillages, les livres et les figures de proue.

— Don Pablo, vous ne pouvez pas me laisser tomber. Parlez à cette dame et dites-lui qu'elle est folle.

— Mon fils, je suis poète et ça me suffit. Je ne connais rien à l'art distingué d'étriper les belles-mères.

— Vous devez m'aider, parce que c'est vous-même

69

qui l'avez écrit : « Je n'aime pas la maison sans toiture, la fenêtre sans vitres. Je n'aime pas le jour sans travail et la nuit sans sommeil. Je veux que les vies se rejoignent, allumant les baisers demeurés éteints. Je suis le bon poète faiseur de mariages ». J'espère que vous n'allez pas me dire maintenant que ce poème n'était qu'un chèque en bois.

Deux vagues, l'une de pâleur, l'autre de stupéfaction, semblèrent traverser Neruda, lui montant des tripes aux yeux. Il humecta ses lèvres désespérément sèches et lâcha :

— Avec ta logique, on aurait dû arrêter Shakespeare pour l'assassinat du père de Hamlet. Si le pauvre Shakespeare n'avait pas écrit de tragédie, il ne serait rien arrivé au père.

— S'il vous plaît, ne m'embrouillez pas encore davantage. Ce que je veux est très simple. Parlez à cette dame et demandez-lui de me laisser voir Beatriz.

— Et si je fais ça, tu te déclareras heureux ?

— Heureux, oui.

— Et si elle te permet de voir la demoiselle, tu me ficheras la paix ?

— Jusqu'à demain, en tout cas.

— C'est toujours ça. Allons lui téléphoner.

— Tout de suite ?

— Sur-le-champ.

En décrochant le téléphone, le barde savoura les yeux immenses du garçon.

— D'où je suis, je sens ton cœur qui aboie comme un chien. Retiens-le de ta main, voyons.

— Je ne peux pas.

— Tant pis. Alors donne-moi le numéro de l'auberge.

— C'est le un.

— Tu as dû avoir un mal fou à le retenir.

Une fois composé l'appel, le facteur eut encore à subir une longue attente avant que le poète ne parle :

— Madame Rosa Gonzalez ?

— C'est elle-même.

— Ici Pablo Neruda.

Le barde fit quelque chose qui lui répugnait ordinairement : il prononça son propre nom sur le ton d'un animateur de télévision qui annonce une vedette à la mode. Plus encore que la lecture de la lettre, le premier contact avec la voix de cette femme lui avait fait sentir qu'il était nécessaire d'abandonner toute pudeur s'il voulait arracher son facteur au coma. Cependant, l'effet habituellement produit par l'annonce de son éponyme ne lui valut de la part de la veuve qu'un bref :

— Ah oui ?

— Je voulais vous remercier de votre aimable mot.

— Vous n'avez pas à me remercier, monsieur. Je veux vous parler immédiatement.

— Mais faites donc, madame.

— Je désire vous parler en tête à tête.

— Et où cela ?

— Où vous voudrez.

Neruda s'accorda une trêve pour réfléchir et dit avec prudence :

— Dans ce cas, venez chez moi.

— J'arrive.

Avant de raccrocher, le poète secoua le téléphone comme si des morceaux de la voix de la femme y étaient restés coincés.

— Qu'est-ce qu'elle a dit ? demanda Mario d'un air suppliant.

— « J'arrive ».

Neruda se pétrit les mains et, refermant le cahier qu'il s'était proposé de remplir de vertes métaphores en ce premier jour d'Ile Noire, il eut la grandeur d'âme d'insuffler au garçon le courage dont il avait lui-même bien besoin :

— Au moins, mon garçon, ici nous jouerons sur notre terrain.

Il alla au tourne-disques et, levant un doigt soudain joyeux, il annonça :

— Je t'ai rapporté de Santiago un cadeau très original : « l'hymne officiel des facteurs ».

Sur ces mots, la musique de *Mister Postman* par les Beatles se répandit dans la pièce, déstabilisa les figures de proue, culbuta les voiliers dans leurs bouteilles, fit grincer des dents les masques africains, liquéfia les cailloux, stria le bois, brouilla les filigranes des chaises artisanales, ressuscita les amis morts aux poutres du toit, fit fumer les pipes depuis longtemps éteintes, sonner comme des guitares les céramiques pansues de Quinchamali *, exhaler leur parfum les cocottes de la *Belle Époque* qui tapissaient les murs, galoper le cheval bleu, siffler la longue et antique locomotive arrachée à un poème de Whitman.

Le poète déposa la pochette du disque entre ses bras comme s'il lui confiait la garde d'un nouveau-né et se mit à danser : il agitait ses bras lents de pélican à l'instar des champions chevelus des bals de quartier, marquait la mesure avec ces jambes qui avaient connu la tiédeur des cuisses de tant d'amantes exotiques ou villageoises, qui avaient arpenté tous les chemins possibles de la terre sans compter ceux qu'il avait lui-même inventés, et la lourde mais pure orfèvrerie des ans adoucissait les coups de batterie. Alors Mario sut qu'il était en train de vivre un rêve, car ce ne pouvaient être là que les signes prémonitoires de la venue d'un ange, la promesse d'une gloire proche, le rituel d'une Annonciation qui allait précipiter à portée de ses mains et de ses lèvres assoiffées la salive en ébullition de l'aimée. Un angelot en tunique de flammes — un angelot qui aurait eu la douceur et la parcimonie du poète — l'assurait de ses noces proches. Une joie toute fraîche se répandit sur son visage et un sourire timide réapparut qui avait la simplicité d'un pain

---

* Quinchamali, dans le sud, est le lieu natal de Matilde Urrutia, épouse de Pablo Neruda.

sur la table de tous les jours. « Si je meurs un jour, se dit-il, je veux que le ciel soit comme cet instant. »

Mais les trains qui mènent au paradis sont toujours des omnibus et ils restent en souffrance dans des gares moites et suffoquantes. Seuls sont des rapides les trains qui conduisent à l'enfer. Le bouillonnement de son sang s'accentua lorsqu'il vit, à travers les portes-fenêtres, s'avancer Mme Rosa veuve Gonzalez, actionnant ses pieds et son corps endeuillés avec la précision d'une mitraillette. Le poète jugea opportun d'escamoter le facteur derrière un rideau, après quoi il pivota sur ses talons, souleva élégamment sa casquette et tendit le bras pour offrir à la dame son fauteuil le plus moelleux. Mais la veuve refusa l'invitation et se campa sur ses jambes écartées. Dilatant son diaphragme oppressé, elle abrégea les préliminaires :

— Ce que j'ai à vous dire est trop grave pour parler assise.

— De quoi s'agit-il, madame ?

— Cela fait plusieurs mois qu'un dénommé Mario Jimenez rôde autour de mon auberge. Ce monsieur s'est permis des insolences à l'égard de ma fille qui a à peine dix-sept ans.

— Que lui a-t-il dit ?

La veuve cracha entre ses dents :

— Des métaphores.

Le poète avala sa salive.

— Et alors ?

74

— Et alors, don Pablo, avec ces métaphores, il a rendu ma fille plus chaude qu'un radiateur.

— Mais, madame Rosa, nous sommes en hiver.

— Ma pauvre Beatriz se consume complètement pour ce facteur. Un homme dont le seul capital est constitué des champignons qu'il traîne entre ses doigts de pied. Seulement, si ses pieds sont un bouillon de culture, sa bouche, elle, elle est fraîche comme une laitue et entortillée comme une algue. Et le plus grave, don Pablo, c'est que les métaphores avec lesquelles il a séduit mon enfant, il les a copiées sans vergogne dans vos livres.

— Non !

— Si ! Il a commencé par parler innocemment d'un sourire qui était un papillon. Mais après, il lui a dit carrément que sa poitrine était un feu à deux flammes.

— Et cette image, il l'a employée de façon visuelle ou tactile ? s'enquit le poète.

— Tactile, répondit la veuve. Du coup, je lui ai interdit de sortir de la maison jusqu'à ce que ce monsieur Jimenez ait décampé. Vous trouverez peut-être cruel de la séquestrer ainsi, mais voyez vous-même ce poème que j'ai trouvé tout froissé au fond de son soutien-gorge.

— Au fond de son soutien-gorge ? Et il n'était pas roussi ?

La femme extirpa de son propre giron une irréfutable feuille de cahier de calcul de la marque Torre et en déclama le contenu comme un acte d'accusation, détachant à chaque fois le vocable *nue* avec une perspicacité de détective :

« *Nue* tu es aussi simple que l'une de tes mains,
lisse, terrestre, petite, ronde, transparente,
tu as des lignes de lune, des chemins de pomme,
nue tu es mince comme le blé nu.
Nue tu es bleue comme la nuit à Cuba,
tu as des liserons et des étoiles dans les cheveux,
nue tu es jaune et gigantesque
comme l'été dans une église d'or. »

Elle froissa le texte avec dégoût, l'enfouit à nouveau dans son tablier et conclut :

— Ce qui veut dire, monsieur Neruda, que le facteur a vu ma fille à poil !

A cet instant, le poète regretta amèrement d'avoir adhéré à la doctrine matérialiste de l'interprétation de l'univers, car il ressentit le besoin pressant d'invoquer la miséricorde du Seigneur. Acculé, il risqua une glose, mais il lui manquait l'aplomb de ces avocats qui, à l'instar de Charles Laughton, sont capables de convaincre un cadavre qu'il n'est pas mort.

— Je vous ferai remarquer, madame Rosa, que le poème ne permet pas de conclure nécessairement à l'acte.

La veuve dévisagea le poète avec un mépris infini :

— Cela fait dix-sept ans que je la connais, sans

compter les neuf mois où je l'ai portée dans ce ventre que voilà. Le poème ne ment pas, don Pablo : ma fille, quand elle est nue, elle est exactement comme c'est dit là.

« Mon Dieu ! » implora le poète au fond de lui-même.

— Je vous en conjure, expliqua la femme, vous qui avez sa confiance et qui êtes son inspirateur, donnez l'ordre à cet individu, Mario Jimenez, facteur et plagiaire, de s'abstenir à partir de dorénavant et pour toute sa vie de voir ma fille. Et dites-lui bien que s'il n'obéit pas, ce sera moi, qui *personnellement* me chargerai de lui arracher les yeux, comme on l'a fait à cet autre facteur, cet insolent de Michel Strogoff.

La veuve se retira, mais elle laissa flotter derrière elle un sillage de particules vibratiles. Le barde dit « au revoir », remit sa casquette et ouvrit le rideau sous lequel se cachait le facteur.

— Mario Jimenez, dit-il sans le regarder, tu es pâle comme un sac de farine.

Le garçon le suivit sur la terrasse où le poète essaya de respirer profondément le vent de la mer.

— Don Pablo, si au-dehors je suis pâle, au-dedans je suis blême.

— Ce ne sont pas les adjectifs qui vont te sauver du fer rouge de la veuve Gonzalez. Je te vois déjà faire ta tournée avec un bâton blanc et un caniche noir, les orbites vides comme la sébile d'un mendiant.

— Si je ne peux plus la voir, à quoi me serviront mes yeux ?

— Maître, j'admets que tu sois désespéré, mais dans cette maison je t'autorise à faire des poèmes et certainement pas à pousser la romance. Cette madame Gonzalez ne mettra peut-être pas sa menace à exécution, mais, si elle tient parole, tu pourras répéter autant que tu voudras le cliché que ta vie est obscure comme la gueule d'un loup.

— Si elle me fait quoi que ce soit, elle ira en prison.

Le barde opéra théâtralement un mouvement semicirculaire autour du garçon pour venir se placer dans son dos et prit l'air insidieux de Yago assiégeant les oreilles d'Othello :

— Elle sera libérée sans conditions au bout de deux heures. Elle prétendra avoir agi en état de légitime défense. Elle dira que tu as attaqué la virginité de sa fille à l'arme blanche : une métaphore chantante comme un poignard, incisive comme une canine, déchirante comme un hymen. La poésie aura laissé l'empreinte de sa salive brûlante sur les tétons de la vierge. François Villon a été pendu à un arbre pour beaucoup moins que ça et le sang perlait de son cou comme des roses.

Mario sentit que ses yeux devenaient humides et sa voix elle-même eut un accent mouillé :

— Cette femme peut me découper les os un par un avec un rasoir, ça m'est bien égal.

— Je regrette de ne pas avoir sous la main un trio de guitaristes pour te donner la réplique.

— Ce qui me fait mal, continua le facteur impavide, c'est de ne pas la voir. Ses lèvres de cerise, ses yeux de lenteur et d'ombre, comme si c'était la nuit qui les avait faits. Ah ! Ne pas pouvoir respirer cette tiédeur qui se dégage d'elle !

— A en juger par ce que raconte la maman, elle n'est pas tiède, elle est torride.

— Pourquoi sa mère me chasse-t-elle ? Puisque je veux l'épouser.

— D'après Mme Rosa, tu n'as d'autres biens au soleil que la crasse de tes ongles.

— Mais je suis jeune et bien portant. J'ai deux poumons qui tiennent plus d'air qu'un accordéon.

— Seulement tu ne t'en sers que pour soupirer après Beatriz Gonzalez. Ils rendent déjà un bruit asthmatique, comme celui d'une sirène de vaisseau fantôme.

— Quoi ! Avec ces deux poumons-là je pourrais souffler sur les voiles d'une frégate jusqu'en Australie.

— Mon fils, si tu continues à te languir pour Mlle Gonzalez, d'ici un mois tu ne seras même plus en état de souffler les bougies de ton gâteau d'anniversaire.

— Bon, et alors, qu'est-ce que je fais ? éclata Mario.

— Pour commencer, tu arrêtes de crier, je ne suis pas sourd.

79

— Pardon, don Pablo.

Neruda lui prit le bras et lui montra le chemin :

— Et ensuite tu retournes chez toi pour dormir un peu. Tu as des orbites plus creuses que des assiettes à soupe.

— Ça fait une semaine que je n'ai pas fermé l'œil. Les pêcheurs m'appellent le hibou.

— Encore une semaine, et ils te mettront dans cette redingote de bois qu'on appelle affectueusement un cercueil. Mario Jimenez, cette conversation est plus longue qu'un train de marchandises. Au revoir.

Ils étaient arrivés au portail et il l'ouvrit d'un geste ferme. Mario se sentit poussé légèrement vers le chemin, mais il resta de pierre, des pieds à la tête.

— Poète et camarade, dit-il d'un ton décidé, c'est vous qui m'avez mis dans cette mélasse et c'est vous qui devez m'en sortir. Vous m'avez donné des livres, vous m'avez appris à me servir de ma langue pour faire autre chose que de coller des timbres. C'est de votre faute si je suis tombé amoureux.

— Non monsieur ! Cela n'a rien à voir. Je t'ai donné mes livres, mais je ne t'ai jamais autorisé à les plagier. Tu as même trouvé le moyen d'offrir à Beatriz le poème que j'ai écrit pour Matilde !

— La poésie n'est pas à celui qui l'écrit mais à celui qui s'en sert !

— J'apprécie à sa juste valeur ce que cette phrase a de hautement démocratique, mais nous ne poussons pas la démocratie jusqu'à faire voter la famille pour décider qui est le père.

D'un geste brusque, le facteur ouvrit sa sacoche et en tira une bouteille de vin de la marque préférée du poète. Celui-ci ne put empêcher son sourire de se teinter d'une expression très proche de la pitié. Ils regagnèrent la salle et il décrocha le téléphone pour former le numéro.

— Madame Rosa Gonzalez ? C'est encore Pablo Neruda.

Mario n'eut pas le temps de saisir l'écouteur pour entendre la réponse. Seul fut touché le tympan meurtri du poète.

— Vous seriez Jésus en personne avec ses douze apôtres que ça n'y changerait rien. Le facteur Mario Jimenez ne franchira jamais le seuil de cette maison.

Neruda se caressa l'oreille et laissa son regard errer au zénith.

— Don Pablo, qu'est-ce qui vous arrive ?

— Rien, mon garçon, rien du tout. Seulement, je saurai désormais ce que ressent un boxeur quand il est mis KO au premier round.

9

Dans la nuit du 4 septembre, une nouvelle fit le tour du monde comme un raz de marée : Salvador Allende avait remporté les élections et, pour la première fois au Chili, un marxiste était élu démocratiquement président de la République.

En quelques minutes, l'auberge de Mme Rosa fut envahie par des pêcheurs, des touristes printaniers, des collégiens qui avaient reçu la permission de minuit et par le poète Pablo Neruda qui avait abandonné son refuge avec une stratégie d'homme d'État accompli pour éviter les appels téléphoniques des agences internationales qui voulaient l'interviewer. La perspective de jours meilleurs rendait les clients prodigues de leur argent et Rosa n'eut d'autre ressource que de libérer Beatriz de sa captivité pour qu'elle vienne l'aider dans cette fête.

Mario se maintint à imprudente distance. Quand le postier descendit de son approximative Ford 40 pour se mêler aux réjouissances, le facteur lui sauta dessus pour lui confier une mission que l'euphorie politique de son chef accueillit avec bienveillance. Il s'agissait de jouer les entremetteurs et d'attendre une circonstance favorable pour susurrer à Beatriz qu'il l'attendait dans un hangar voisin où l'on rangeait les appareils de pêche.

Le moment opportun surgit quand le député Labbé fit une entrée surprise dans la salle, le visage aussi blanc que son sourire, s'avança au milieu des plaisanteries des pêcheurs qui murmuraient à son adresse « tu l'as dans le cul » jusqu'au comptoir où Neruda vidait force verres et lui dit sur un ton très grand siècle :

— Don Pablo, ce sont là les règles de la démocratie. Il faut savoir perdre. Les vaincus saluent les vainqueurs.

— Eh bien, à votre santé, monsieur le député, répondit Neruda en lui offrant un verre et en levant le sien pour le choquer contre celui de Labbé.

L'assistance applaudit, les pêcheurs crièrent « Vive Allende », puis « Vive Neruda » et le postier délivra secrètement son message en collant ses lèvres humides à l'oreille sensuelle de la jeune fille.

Elle se débarrassa de sa dame-jeanne de vin et de son tablier, prit un œuf dur sur le comptoir et s'en alla vers son rendez-vous, pieds nus sous les lumières de la nuit étoilée.

En ouvrant la porte du hangar, elle parvint à percevoir, parmi la masse confuse des filets, le facteur assis sur un tabouret de cordonnier, le visage strié par la lumière orange d'une veilleuse à pétrole. De son côté, Mario entrevit la mini-jupe et la blouse étroite, celles-là mêmes qu'elle portait lors de leur première rencontre autour de la table de baby-foot, et il en ressentit la même émotion. Comme pour aviver son souvenir, la jeune fille ferma la porte du pied et refit le geste qu'il avait gardé dans sa mémoire : elle éleva l'œuf ovale et fragile, et le posa contre ses lèvres. Descendant doucement vers les seins, ses doigts dansants le firent courir le long des rondeurs frémissantes et filer sur son ventre lisse, le guidèrent jusqu'au nombril, le firent glisser sur son sexe et disparaître entre ses cuisses pour s'y réchauffer un instant, tandis qu'elle plongeait un regard brûlant dans les yeux de Mario. Celui-ci fit mine de se lever mais la fille l'arrêta d'un geste. Elle passa l'œuf sur son front, le fit rouler sur sa surface cuivrée, suivre l'arête de son nez et, quand il se retrouva sur ses lèvres, elle le prit dans sa bouche, entre ses dents.

A cet instant, Mario sut que l'érection qu'il avait si fidèlement contenue depuis des mois n'était qu'une vulgaire colline en comparaison de la cordillère qui surgissait de son pubis, du volcan dont la lave n'avait rien de métaphorique et qui commençait à se déchaîner dans son sang, à lui brouiller la vue et à transformer sa salive elle-même en une espèce de sperme. Beatriz lui fit signe de s'agenouiller. Le plancher était rugueux, mais lorsque la fille le rejoignit par un mouvement proche de la lévitation et s'installa tout contre lui, il eut l'impression d'être sur un tapis princier.

D'un geste de ses mains, elle lui indiqua de joindre les

siennes en coupe. Il oublia toutes les velléités de déso-
béissance qu'il avait pu connaître dans sa vie : il n'aspi-
rait plus qu'à l'esclavage. La fille se cambra et l'œuf, tel
un équilibriste minuscule, parcourut centimètre après
centimètre sa blouse et sa jupe pour venir atterrir entre
les paumes de Mario. Il leva le regard vers elle et il vit sa
langue qui dardait, flamboyante, entre ses dents, ses
yeux emplis d'une détermination fiévreuse, ses sourcils
haussés attendant que le garçon prenne l'initiative.
Mario ramena l'œuf avec délicatesse, comme s'il allait le
couver. Il le posa sur le ventre de la fille et, avec un
sourire de prestidigitateur, il le fit patiner sur les cuisses
et souligner nonchalamment la ligne du cul, le dirigea du
doigt vers le côté droit, tandis que Beatriz, la bouche
entrouverte, suivait du ventre et des hanches chaque
mouvement. Quand l'œuf eut bouclé son orbite, le
garçon le fit repasser par l'arc du ventre, infléchit sa
trajectoire vers l'échancrure des seins puis, se haussant
en même temps que lui, il le fit atterrir sous le cou.
Beatriz baissa le menton pour le retenir là, avec un
sourire qui était davantage un ordre qu'une invite. Alors
Mario avança la bouche vers l'œuf, le saisit entre ses
dents, s'écarta et attendit qu'elle vienne le reprendre
avec sa bouche entre ses propres lèvres. Quand il perçut
le frôlement de sa chair sur la coquille, il sentit dans sa
bouche le plaisir qui le submergeait. La première parcelle de sa peau qu'il humectait, qu'il mouillait, était
celle que dans ses rêves elle ne cédait qu'à la dernière

étape d'une longue poursuite au cours de laquelle il avait léché chacun de ses pores, le fragile duvet de ses bras, le pli soyeux de ses paupières, la courbe vertigineuse de son cou. Le temps était venu de la moisson, l'amour avait mûri, dru et dur dans ses os, les mots retournaient à leurs racines. Ce moment, se dit-il, c'est le moment, c'est, c'est, c'est ce moment, ce, ce, ce moment, c'est. Il ferma les yeux quand il reprit l'œuf avec sa bouche. A l'aveuglette, il se glissa contre son dos tandis que dans sa tête jaillissait une explosion de poissons qui éclaboussaient de lumière un océan serein. Une lune immense le nimbait et il eut la certitude de comprendre, en marquant cette nuque de sa salive, ce qu'était l'infini. Il parvint sur l'autre face de l'aimée et, une fois encore, il reprit l'œuf entre ses dents. Ensuite, comme s'ils dansaient tous deux au rythme d'une musique secrète, elle ouvrit l'échancrure de sa blouse et Mario fit rouler l'œuf entre ses seins. Beatriz défit sa ceinture, laissa filer le gage devenu encombrant et l'œuf alla s'écraser au sol pendant qu'elle faisait passer sa blouse par-dessus sa tête et dénudait son torse que dorait la flamme de la lampe à pétrole. Mario fit glisser la mini-jupe rétive et la végétation odoriférante de sa chatte vint flatter ses narines à l'affût. Alors la seule inspiration qui lui vint fut de l'oindre de la pointe de sa langue. A cet instant précis, Beatriz poussa un cri profond, halètement, sanglot, défaite, gorge, musique, fièvre, qui se prolongea plusieurs secondes durant lesquelles son corps tout entier trembla, au bord de l'évanouissement. Elle se laissa glisser sur le plancher, puis après avoir posé un doigt silencieux sur la lèvre qui l'avait léchée, elle le porta à la toile grossière du pantalon du garçon pour palper la grosseur de son dard et elle lui dit d'une voix rauque :

— Tu m'as fait jouir, idiot.

10

La noce eut lieu trois mois après le coup d'envoi —
l'expression est du postier. Il n'échappa pas à la veuve
Rosa Gonzalez, pétrie de perspicacité maternelle,
qu'une fois donné le signal réjouissant de l'ouverture du
match, les joueurs s'étaient lancés dans une série d'af-
frontements matinaux, diurnes et nocturnes. La pâleur
du facteur s'accentua, sans que l'on pût pour autant
incriminer les rhumes dont il semblait magiquement
guéri. De son côté, Beatriz Gonzalez, si l'on en croit ce
qu'en ont consigné le postier ainsi que divers témoins
spontanés, fleurissait, irradiait, scintillait, resplendissait,
fulgurait, rutilait et planait. Tant et si bien que lorsqu'un
samedi soir Mario se présenta à l'auberge pour demander la main de la jeune fille avec la profonde conviction
de voir un coup d'escopette de la veuve briser net son
idylle en lui faisant sauter en même temps sa langue
fleurie et les parties intimes, Rosa Gonzalez, se rendant
aux enseignements de la philosophie pragmatique, ouvrit
une bouteille de champagne Valdivieso demi-sec, rem-

plit trois verres qui débordèrent d'écume et accueillit la requête du facteur sans sourciller mais avec une phrase qui remplaça la balle tant redoutée : « Quand le vin est tiré, il faut le boire. »

Cet aphorisme, elle eut l'occasion de le peaufiner devant le porche de l'église où l'on se préparait à sanctifier l'irréparable, lorsque le postier, expert ès indiscrétions, s'exclama d'un air farceur en contemplant le complet en drap anglais bleu de Neruda :

— Vous voilà bien élégant, monsieur le poète.

Neruda rectifia le nœud de sa cravate de soie italienne et dit avec une nonchalance appuyée :

— C'est ma répétition générale. Allende vient de me nommer ambassadeur à Paris.

La veuve Gonzalez parcourut en détail la géographie de Neruda, de sa calvitie à ses escarpins vernis étincelants, et dit :

— L'habit ne fait pas le moine.

Tandis qu'ils marchaient à l'autel, Neruda fit part à Mario de son intuition :

— J'ai bien peur, mon garçon, que la veuve Gonzalez ne soit décidée à affronter la guerre des métaphores à coups de proverbes.

La fête fut brève pour deux raisons. Un taxi attendait à la porte l'illustre témoin pour le conduire à l'aéroport, et les jeunes époux étaient impatients d'étrenner leur légalité après trois mois de clandestinité. Cela n'empêcha pas le père de Mario de s'arranger pour glisser dans le tourne-disques *Une valse pour Jasmina* de Tito Fernandez, natif de Temuco, ce qui lui donna l'occasion de verser une larme en évoquant sa défunte épouse « qui contemplait de là-haut le bonheur de Mario » et d'entraîner sur la piste de danse Mme Rosa qui s'abstint de toute phrase historique tandis qu'elle tournait aux bras de cet homme « pauvre mais honnête ».

Le facteur échoua dans ses efforts pour faire danser encore une fois Neruda aux accents de *Wait a minute Mr Postman*. Le poète se sentait déjà en mission officielle et il ne voulut pas risquer quelque faux pas susceptible d'alimenter une presse d'opposition qui, après trois mois de gouvernement Allende, parlait déjà d'échec fracassant.

Le postier déclara que son subordonné avait droit à une semaine de vacances. Mieux encore, il le dispensa d'assister aux réunions politiques où la base se mobilisait pour soutenir les initiatives du gouvernement populaire. « On ne peut en même temps garder l'oiseau en cage et la tête à la patrie », proclama-t-il en faisant preuve d'une inhabituelle richesse métaphorique.

Durant les deux mois qui suivirent, les scènes que vécut Mario dans le lit de Beatriz lui firent comprendre que toutes les jouissances qu'il avait connues jusque-là n'étaient que le pâle synopsis d'un film projeté désormais sur un écran officiel en cinérama et en technicolor. La peau de la jeune fille était toujours aussi infinie et il trouvait toujours une saveur nouvelle à chaque parcelle, chaque pore, chaque pli, chaque duvet, voire chaque boucle de son pubis.

Un beau matin, au bout de quatre mois de ces exercices délicieux, la veuve Rosa Gonzalez fit irruption dans la chambre du couple, non sans avoir attendu avec discrétion l'ultime trille de l'orgasme de sa fille. Elle tira les draps sans ménagements et fit rouler sur le sol les corps érotiques qu'ils recouvraient. Elle ne dit qu'une seule phrase, que Mario entendit avec terreur tandis qu'il cachait ce qui lui pendait entre les jambes :

— Quand j'ai consenti à ce que tu épouses ma fille, je pensais que je faisais entrer un gendre dans ma famille, pas un maquereau.

Le jeune Mario Jimenez la vit quitter la pièce sur un claquement de porte mémorable. Il chercha chez Beatriz un regard solidaire de son expression offensée, mais il ne trouva d'autre réponse qu'une moue sévère.

— Maman a raison, dit-elle sur un ton tel que, pour la première fois, le garçon comprit que le sang de la veuve coulait aussi dans ses veines.

— Mais qu'est-ce que tu veux que je fasse ? cria-t-il suffisamment fort pour que toute l'anse soit au courant. Le poète est à Paris et je n'ai plus personne à qui distribuer ce putain de courrier !

— Tu n'as qu'à te chercher un travail ! aboya sa tendre épouse.

— Je ne me suis pas marié pour entendre les mêmes conneries que celles que me disait mon père.

Pour la seconde fois, la porte reçut un choc plein d'aménité qui détacha du mur la pochette des Beatles, cadeau du poète. Il pédala furieusement jusqu'à San Antonio, alla au cinéma, y consomma une comédie avec Rock Hudson et Doris Day, et occupa les heures qui suivirent à lorgner des jambes et à écluser un certain nombre de bières sur la place. Il alla quêter la complicité fraternelle du postier, mais celui-ci était en train de haranguer son personnel en lui expliquant comment gagner la bataille de la production et, après quelques bâillements, il reprit le chemin de l'anse. Au lieu de rentrer à l'auberge, il se rendit chez son père.

Don José posa une bouteille de vin sur la table et lui dit : « Raconte. » Les deux hommes vidèrent un verre et le père ne fit pas traîner son diagnostic :

— Fils, il faut que tu te cherches un travail.

La volonté de Mario n'était guère préparée à affronter semblable épopée mais, heureusement, ce fut la montagne qui vint à Mahomet. Le gouvernement populaire fit sentir sa présence dans la petite anse : la direction du Tourisme avait élaboré un plan de vacances pour les travailleurs d'une usine textile de Santiago et un certain camarade Rodriguez, géologue et géographe au langage et aux yeux enflammés, se présenta à l'auberge pour faire une proposition à la veuve Gonzalez : serait-elle disposée à se hisser à la hauteur des temps nouveaux et à transformer son bar en restaurant pour y donner à déjeuner et à dîner à un contingent de vingt familles qui allaient camper dans les environs cet été ? Et quand le camarade Rodriguez lui eut fait valoir tous les bénéfices qu'elle pourrait retirer de cette nouvelle activité, elle regarda son gendre avec autorité et lui dit :

— Accepteriez-vous de vous occuper de la cuisine, mon petit Mario ?

A cet instant, Mario sentit qu'il vieillissait de dix ans. Sa tendre Beatriz se tenait devant lui et l'encourageait d'un sourire angélique.

— Oui, dit-il.

Et il avala son verre de vin avec l'enthousiasme rayonnant de Socrate buvant la ciguë.

Aux métaphores du poète qu'il continuait de cultiver et d'apprendre par cœur, vinrent alors s'en adjoindre d'autres, que le barde sensuel avait également célébrées dans ses odes : oignons (« rondes roses des eaux »), artichauts (« vêtus en guerriers aux reflets de grena-des »), congres (« géantes anguilles à la chair nei-geuse »), ails (« ivoires charmants »), tomates (« rouges viscères, soleils de fraîcheur »), huile (« clef céleste de la mayonnaise, piédestal des perdrix »), pommes de terre (« farine de la nuit »), thons (« balles de l'océan profond, flèches de deuil »), prunes (« petites coupes d'ambre doré »), pommes (« joues pures et pleines empourprées de l'aurore »), sel (« cristal de la mer, oubli des vagues ») et oranges pour relever la *chirimoya alegre* *, dessert qui promettait d'être le *hit* de l'été au même titre que *Lolita à la plage* par Los Minimas.

A peu de temps de là, on vit arriver à l'anse de jeunes ouvriers qui se mirent à planter des poteaux jusqu'à la route. Aux dires du camarade Rodriguez, les pêcheurs allaient avoir l'électricité à domicile avant trois semaines : « Allende tient parole », dit-il, en frisant les pointes de sa moustache. Mais l'apparition du progrès au village ne fut pas sans s'accompagner de quelques problèmes. Un jour que Mario préparait une salade chilienne en jouant du coutelas sur une tomate qu'il traitait comme une danseuse de l'ode de Neruda (« Nous devons hélas l'assassiner, plonger le couteau dans sa pulpe vivante »), il remarqua le regard du camarade Rodriguez rivé sur le cul de Beatriz qui s'en revenait vers le comptoir après avoir posé le vin sur la table. Une minute plus tard, au moment où elle allait ouvrir les lèvres pour sourire au client qui lui demandait : « Et ma salade chilienne ? », Mario sauta par-dessus le comptoir en tenant à deux mains le couteau pointé, éleva celui-ci au-dessus de sa tête comme il l'avait vu faire dans les westerns japonais, s'arrêta devant la table de Rodriguez et l'abaissa si férocement et si verticalement qu'il l'enfonça de quelque quatre centimètres dans le bois où il demeura, vibrant.

* La *chirimoya* passe pour l'un des fruits les plus délicieux de l'Amérique du Sud.

Habitué aux précisions géométriques et aux mesures géologiques, le camarade Rodriguez ne douta pas un instant que le numéro du poète cuisinier n'avait été qu'une manière de parabole. Il dut s'avouer avec mélancolie qu'un tel couteau, pénétrant ainsi la chair d'un chrétien, était capable de transformer son foie en goulash. Il demanda solennellement l'addition et s'abstint de revenir à l'auberge pour un temps indéfini et infini. Alors, rejoignant Mme Rosa dans son goût des proverbes, Mario fit, comme elle l'eût dit excellemment, d'une pierre deux coups : il indiqua d'un signe à Beatriz de bien observer le couteau toujours planté dans le noble bois de hêtre.

— Compris, dit-elle.

Les bénéfices de cette nouvelle activité permirent à Mme Rosa de faire divers investissements qui lui servirent d'appât. Le premier fut l'acquisition d'une télévision payable par lourdes traites mensuelles, qui attira au bar un contingent de clients inexploité : les épouses des ouvriers du camping, lesquelles laissaient leurs hommes s'en retourner sous leurs tentes pour y faire une sieste, bercés par les généreuses rations d'un déjeuner convenablement arrosé d'un vigoureux vin rouge, et restaient à consommer des menthes, des infusions de boldo et autres mixtures aqueuses, tout en dévorant gloutonnement les images de la série mexicaine *Maria tout court*. A la fin de chaque épisode surgissait sur l'écran un militant marxiste illuminé pour dénoncer l'impérialisme culturel et les idées réactionnaires inculquées à « notre peuple » par les mélodrames et, à ce moment-là, ces dames éteignaient la télévision pour passer à leur ouvrage ou à une partie de dominos.

Mario pouvait bien penser en lui-même que sa belle-mère était âpre au gain — « on dirait que vous avez des pirañas dans le porte-monnaie, madame » —, mais il n'en reste pas moins qu'au bout d'un an, à force de gratter les carottes, de pleurer sur les oignons et de dépecer les thons, il avait amassé suffisamment d'argent pour pouvoir commencer à rêver que son rêve se transformait en réalité et qu'il arriverait à s'acheter un billet d'avion pour Paris.

11

Le postier se rendit au presbytère et mit le curé qui avait marié le couple dans la confidence de son projet : ils passèrent ensemble en revue les accessoires remisés après la dernière procession du chemin de croix de San Antonio dont la décoration avait été assurée par Anibal Reina père, plus communément appelé « Reina le poivrot », sobriquet qu'il a transmis à son fils talentueux et socialiste, et ils dénichèrent une paire d'ailes garnies de plumes d'oies, canards, poules et autres volatiles, dont le battement angélique était actionné au moyen d'une ficelle. Avec une patience d'orfèvre, le curé échafauda un petit dispositif sur le dos du fonctionnaire des Postes, le coiffa d'une visière verte semblable à celles que l'on voit aux gangsters dans les tripots et fit briller la chaîne de montre en or qui lui barrait la panse à coups de nettoyant « Brasso ».

Il était midi quand le postier monta de la mer en direction de l'auberge, frappant de stupéfaction les baigneurs qui virent s'avancer sur le sable en feu l'ange le plus gros et le plus vieux de toute l'Histoire sainte.

Mario, Beatriz et Rosa étaient occupés à discuter de la manière de confectionner un menu en déjouant les difficultés de ravitaillement qui commençaient à se poser. Ils se crurent victimes d'une hallucination. Lorsque le postier cria de loin : « Du courrier de Pablo Neruda pour Mario Jimenez » et brandit d'une main un paquet plus couvert de tampons qu'un passeport chilien et plus ficelé de rubans qu'un arbre de Noël, et de l'autre main une élégante enveloppe, le facteur voltigea sur le sable et lui arracha les deux objets. Hors de lui, il les posa sur la table et les contempla comme s'il s'agissait de deux hiéroglyphes rares. Remise de son ravissement onirique, la veuve apostropha le postier sur un ton très britannique :

— Avez-vous eu bon vent ?

— J'ai eu le vent dans le dos, mais beaucoup d'oiseaux contraires.

Mario se comprima les tempes et son regard clignota d'une missive à l'autre.

— Qu'est-ce que j'ouvre d'abord ? Le paquet ou la lettre ?

— Le paquet, fiston, dit sentencieusement Mme Rosa. La lettre, c'est que des mots.

— Non madame, la lettre d'abord.

— Le paquet, dit la veuve, et elle fit mine de s'en emparer.

Le postier s'éventa d'une aile et agita un doigt admonitoire sous le nez de la veuve.

98

— Ne soyez pas matérialiste, belle-mère.

La veuve se rencoigna sur sa chaise.

— Je vois que vous voulez faire le cultivé. Et d'abord c'est quoi, un matérialiste ?

— C'est quelqu'un qui, quand on lui donne à choisir entre une rose et un poulet, choisit toujours le poulet, bredouilla le postier.

Mario se leva et dit d'une voix rauque :

— Mesdames et messieurs, je vais ouvrir la lettre.

Comme il s'était déjà promis d'ajouter cette enveloppe, sur laquelle son nom se détachait vigoureusement calligraphié par l'encre verte du poète, à sa collection de trophées sur le mur de la chambre à coucher, il apporta à la déchirer la patience et la légèreté d'une fourmi. Il en déplia le contenu d'une main tremblante et commença à l'épeler, attentif à ne pas sauter le moindre signe :

— « Mon cher Ma-ri-o Ji-me-nez aux pi-eds ai-lés. »

D'un geste sec, la veuve lui arracha la lettre et se mit à patiner sur les mots, sans une pause et sans une intonation :

« Mon cher Mario Jimenez aux pieds ailés, aimable Beatriz Gonzalez de Jimenez diamant incendiaire de l'Ile Noire, excellentissime Rosa veuve Gonzalez, cher futur héritier Pablo Neftali Jimenez Gonzalez dauphin de l'Ile Noire, libre nageur dans le tiède placenta de ta mère et, quand tu sortiras au soleil, roi des rochers et des cerfs-volants, champion pourfendeur des mouettes, chers tous, chers vous quatre.

« Je ne vous ai pas écrit plus tôt, contrairement à ce que je vous avais promis, parce que je ne voulais pas me contenter d'une simple carte postale représentant les danseuses de Degas. Je sais, Mario, que c'est la première lettre que tu reçois de ta vie et il fallait au moins qu'elle t'arrive dans une enveloppe. Je ris à l'idée que cette lettre, c'est toi-même qui devras te la distribuer. Tu me raconteras tout de l'Ile Noire et tu me diras ce que tu fais, maintenant que mon courrier m'est adressé directement à Paris. J'espère que tu n'as pas été licencié des Postes et Télégraphes pour cause d'absence du poète. Mais peut-être le président Allende t'a-t-il proposé un emploi de ministre ?

« Être ambassadeur en France est pour moi chose nouvelle et difficile. Mais c'est un défi. Nous avons réalisé, au Chili, une révolution à la chilienne qui est très admirée et très discutée. Le nom de Chili a grandi d'une manière extraordinaire. Hum !

— Le « Hum ! » est de moi, dit la veuve entre parenthèses, et elle replongea dans la lettre.

« La chambre à coucher dans laquelle je vis avec Matilde serait assez vaste pour y loger un guerrier et son cheval. Mais je me sens loin, très loin de mes journées aux ailes bleues dans ma maison de l'Ile Noire.

« Je vous quitte et je vous embrasse. Votre voisin et entremetteur, Pablo Neruda. »

— Ouvrons le paquet, dit Mme Rosa, en tranchant les ficelles qui entouraient celui-ci avec le couteau de

100

cuisine fatidique. Mario s'empara de la lettre, en scruta consciencieusement la fin puis inspecta le verso de la feuille.

— C'est tout ?

— Qu'est-ce que tu voulais de plus, mon gendre ?

— Eh bien, ce truc avec « P.S. » qu'on met quand on a fini d'écrire.

— Non. Il n'y avait aucune connerie avec P.S.

— Ça me semble bizarre qu'elle soit si courte. De loin, comme ça, elle avait l'air plus longue.

— Oui mais maman l'a lue très vite, dit Beatriz.

— Vite ou lentement, dit Mme Rosa qui arrivait à la fin de son déballage, les mots sont les mêmes. La signification des choses est indépendante de la vitesse.

Mais Beatriz n'entendit pas le théorème. Elle était fascinée par l'expression absente de Mario qui semblait dédier sa perplexité à l'infini.

— A quoi penses-tu ?

— Il manque quelque chose. Au collège, quand on m'apprenait à écrire une lettre, on me disait qu'il fallait toujours mettre à la fin un P.S. et ajouter un truc quelconque qu'on n'avait pas écrit dans la lettre. Je suis sûr que don Pablo a oublié quelque chose.

Rosa farfouilla dans la paille abondante dont était farci le paquet et finit par en extraire, avec l'expression d'une sage-femme, un japonissime magnétophone Sony à micro incorporé.

— Ça a dû lui coûter quelque chose, au poète, dit-elle solennellement.

Elle s'apprêtait à lire une carte écrite à l'encre verte qui pendait à l'élastique entourant l'appareil, mais Mario l'arrêta de la main.

— Ah non, madame ! Vous lisez trop vite.

Il posa la carte à quelques centimètres devant lui comme s'il l'installait sur un lutrin et il se mit en devoir de la lire dans son style habituel, syllabe par syllabe :

— « Cher Ma-ri-o, deux-points, ap-puie sur le bou-ton du mi-li-eu. »

— Vous avez mis plus de temps pour lire la carte que moi pour lire la lettre, dit la veuve en simulant un bâillement.

— Oh vous, madame, vous ne lisez pas les mots, vous les avalez. Il faut les laisser fondre dans la bouche.

Son doigt dessina une spirale et atterrit sur la touche du milieu. La technique japonaise restituait fidèlement la voix du poète, mais Mario remit à plus tard le soin de s'extasier sur l'avance nippone en matière d'électronique, car la première parole le grisa comme un élixir : « Post-scriptum ».

— Comment ça s'arrête ? cria Mario.

Beatriz posa un doigt sur la touche rouge.

— « Post-scriptum », répéta Mario en dansant, et il planta un baiser sur la joue de sa belle-mère. J'avais raison, madame. Je vous l'avais bien dit qu'une lettre sans post-scriptum, ça n'existe pas. Le poète ne m'a pas oublié. Je savais bien que la première lettre de ma vie devait avoir un post-scriptum ! Maintenant tout est clair, belle-maman. La lettre a un post-scriptum.

— D'accord, dit la veuve. La lettre, le post-scriptum. Et c'est pour ça que tu pleures ?

— Moi ?

— Oui.

— Beatriz ?

— C'est vrai. Tu pleures.

— Mais pourquoi je pleurerais ? Je ne suis pas triste. Tout va très bien.

— Il ressemble à une bonne sœur le jour de ses vœux, grogna Mme Rosa. Essuie-toi les yeux et appuie encore sur le bouton du milieu.

— D'accord. Mais on recommence au début.

Il fit revenir la cassette en arrière, poussa la touche indiquée, et de nouveau le poète fut dans la petite boîte. Un Neruda sonore et portatif. Le jeune homme porta son regard sur la mer et il eut l'impression que le paysage se recomposait, qu'une absence avait pesé durant des mois, qu'il pouvait enfin respirer à fond, que la dédicace « à mon très cher ami et camarade Mario Jimenez » avait été sincère.

— « Post-scriptum », entendit-il à nouveau, ravi.

— Taisez-vous, dit la veuve.

— Mais je n'ai rien dit.

« Je voulais t'envoyer autre chose que des mots. Aussi ai-je mis ma voix dans cette cage qui chante. Une cage qui est un oiseau. Mais je veux également te demander quelque chose, Mario, que tu es le seul à pouvoir faire pour moi. Mes autres amis ne sauraient pas s'y prendre, ou bien ils penseraient que je suis un vieux gâteux ridicule. Je veux que tu te promènes dans l'Ile Noire avec ce magnétophone et que tu enregistres tous les bruits et tous les sons que tu rencontreras.

« Ma maison me manque désespérément, il me la faut, même si ce n'est que son fantôme. Ma santé n'est pas bonne. Je ne peux vivre sans la mer. Je ne peux vivre sans les oiseaux. Envoie-moi les sons de ma maison. Entre dans mon jardin et fais jouer les cloches. Enregistre d'abord le léger tintement des clochettes quand le vent les agite, puis tire la corde de la cloche majeure, cinq, six fois. Cloche, ma cloche ! Il n'est rien qui sonne mieux que ce mot espagnol *campana*, lorsqu'on l'accroche à un carillon face à la mer. Et va aussi dans les rochers et enregistre-moi l'éclaboussement des vagues. Si tu entends des mouettes, enregistre-les. Si tu entends le silence des étoiles sidérales, enregistre-le. Paris est beau, mais c'est un vêtement trop grand pour moi. Et puis ici c'est l'hiver et le vent brasse la neige comme un moulin la farine. La neige monte, monte, elle grimpe sur ma peau. Elle fait de moi un roi triste dans sa tunique blanche. La voici qui atteint ma bouche et me ferme les lèvres, et les paroles ne peuvent plus passer.

« Pour que tu connaisses quelque chose de la musique de la France, je t'envoie un enregistrement datant de

1938 : je l'ai trouvé qui sommeillait chez un marchand de disques d'occasion du quartier Latin. Que de fois l'ai-je chanté dans ma jeunesse ! J'avais toujours voulu l'avoir et je ne l'avais jamais retrouvé. Il s'appelle *J'attendrai*, il est chanté par Rina Ketty et les paroles disent : " J'attendrai toujours, le jour et la nuit, ton retour ". »

Une clarinette lança le thème, grave, somnambule, et un xylophone le reprit, un peu nostalgique. Et quand Rina Ketty fit vibrer le premier vers, que la batterie et la contrebasse la rejoignirent, l'une sourde et calme, l'autre rauque et murmurante, Mario se rendit compte que ses joues se mouillaient à nouveau. Dès qu'il eut entendu les premiers accents de cette musique, il sut qu'il l'aimait, mais il ne s'en fut pas moins vers la plage et marcha jusqu'à ce qu'elle fût couverte par le fracas des vagues.

12

Il enregistra le mouvement de la mer avec l'application maniaque d'un philatéliste. Bravant la colère de Rosa, il consacra le plus clair de son activité à suivre le va-et-vient de l'océan, la marée haute et le reflux, et les caprices de l'eau sous le souffle des vents.

Il attacha le Sony au bout d'une corde et le fit glisser dans les crevasses de la falaise, là où les crabes frottent leurs pinces l'une contre l'autre et où les algues s'agrippent aux pierres.

A bord de la barque de don José, il alla bien au-delà de la ligne de brisure des vagues et, protégeant le magnétophone avec un morceau de nylon, il rendit presque stéréophoniquement l'effet d'une houle de trois mètres de creux dont les banderilles venaient mourir sur la plage.

D'autres jours plus calmes, il eut la chance de saisir le claquement de bec de la mouette lorsqu'elle se laisse tomber à la verticale sur la sardine, et son vol au ras de l'eau quand elle contrôle avec sûreté le moindre de ses mouvements.

Il y eut aussi la fois où les pélicans, oiseaux question-neurs et anarchistes, battirent des ailes le long du rivage comme s'ils pressentaient qu'un banc de sardines allait venir s'échouer le jour suivant sur la plage. Les enfants des pêcheurs n'eurent pas d'autre mal à se donner pour prendre les poissons que de plonger dans la mer les seaux avec lesquels ils jouaient ordinairement à construire des châteaux de sable. Cette nuit-là, il y eut tant de sardines à griller sur les braises des foyers rustiques que les chats firent bombance et débordèrent en ébats érotiques sous la pleine lune et que Mme Rosa vit arriver sur les dix heures du soir un bataillon de pêcheurs plus asséchés que des légionnaires dans le Sahara.

Au bout de trois heures passées à vider les dames-jeannes, la veuve Gonzalez, privée de l'aide de Mario qui était en train d'essayer d'enregistrer pour Neruda le passage des étoiles sidérales, perfectionna l'image des légionnaires par cette phrase qu'elle assena à don José Jimenez : « Vous êtes plus sec aujourd'hui qu'un étron de chameau. »

Tandis que dans la machine magique nippone tom-baient des abeilles lubriques, leurs trompes crispées sur le calice des marguerites marines en plein orgasme de soleil, tandis que des chiens errants aboyaient aux météorites qui chutaient en feu d'artifice de Nouvel An sur l'océan Pacifique, tandis que les cloches de la terrasse de Neruda sonnaient, actionnées manuellement ou orchestrées par les caprices du vent, tandis que le gémissement de la sirène du phare s'épanchait et se contractait, évoquant la tristesse d'un vaisseau fantôme sur la neige de la haute mer, tandis que, pour la première fois, le tympan de Mario d'abord et la cassette ensuite détectaient un petit cœur dans le ventre de Beatriz, les « contradictions du processus social et politique » comme disait le camarade Rodriguez en se frisant frénétiquement les poils de la poitrine, commençaient à assombrir l'atmosphère de ce village éloigné de tout.

D'abord, il n'y eut plus de viande à mettre dans le pot-au-feu. La veuve Gonzalez se vit obligée d'improviser une soupe à base d'herbes récoltées dans les champs du voisinage qui s'agglutinaient autour d'un os en simulant nostalgiquement des fibres de viande. Au bout de trois semaines de ce traitement stratégique, les pensionnaires s'organisèrent en comité et, au cours d'une séance mouvementée, ils déclarèrent à la veuve Gonzalez que la pénurie et le marché noir étaient certes le produit d'une conspiration réactionnaire dans le but d'abattre Allende, mais qu'ils ne l'en priaient pas moins de bien vouloir ne pas faire passer cette eau de vaisselle pour une variante locale du pot-au-feu. Tout au plus, précisa leur porte-parole, accepteraient-ils qu'elle l'appelle *minestrone* — mais dans ce cas, la veuve Gonzalez serait bien inspirée de baisser d'un escudo au moins le prix du menu. Elle n'accorda pas à ces arguments raisonnables l'attention qu'ils méritaient. Évoquant l'enthousiasme avec lequel le prolétariat avait élu le président Allende, elle se lava les mains du problème de l'absence de ravitaillement en recourant à un aphorisme qui jaillit de son esprit subtil : « Chaque cochon choisit les épluchures qui lui conviennent. »

Loin de modifier sa conduite, la veuve affecta de se faire l'écho du mot d'ordre donné à la radio par une certaine gauche, lequel proclamait avec une allègre irresponsabilité : « Avançons sans transiger ! » — et elle continua à faire passer ses infusions d'eau chaude pour du thé, son jaune d'œuf délayé pour du consommé et son minestrone pour du pot-au-feu. D'autres produits vinrent s'ajouter à la liste des absents : l'huile, le sucre, le riz, les détergents et jusqu'au fameux *pisco de Elquí*, l'alcool qui tenait compagnie aux humbles touristes, la nuit, dans leur camping.

C'est sur ce terrain bien préparé que se présenta le député Labbé avec sa camionnette braillarde et qu'il convoqua la population de l'anse à ouïr sa parole. Les cheveux gominés à la Carlos Gardel et le sourire du général Peron aux lèvres, il rencontra une certaine audience parmi les femmes des pêcheurs et les épouses des touristes lorsqu'il accusa le gouvernement d'être incapable et de provoquer la plus grande pénurie de l'histoire de l'humanité : les pauvres Soviétiques n'avaient pas eu aussi faim durant la dernière guerre mondiale que l'héroïque peuple chilien, les enfants rachitiques d'Éthiopie étaient de vigoureux jouvenceaux en comparaison de nos enfants sous-alimentés. Pour sauver le Chili, il ne restait qu'une issue : protester en tapant sur des casseroles avec une telle force que le « tyran » — ainsi désignait-il le président Allende — en deviendrait sourd et, paradoxalement, prêterait enfin l'oreille aux revendications de la population en démissionnant. Alors on verrait revenir Frei, Alessandri ou le démocrate que vous voudrez et, dans notre pays, nous aurions la liberté, la démocratie, de la viande, du poulet et la télévision en couleurs.

Ce discours, qui provoqua quelques applaudissements chez les femmes, fut salué par cette réplique du camarade Rodriguez qui avait expédié son minestrone à coups de lance-pierre pour venir écouter le discours du député :

— Et ta sœur ?

Sans avoir besoin du mégaphone, se fiant à ses seuls poumons prolétariens, il ajouta à son apostrophe quelques informations que les « chères camarades » devaient avoir bien présentes à l'esprit si elles ne voulaient pas se laisser emberlificoter par ces sorciers en veston et cravate qui sabotaient la production, qui accaparaient le ravitaillement pour causer une pénurie artificielle, qui se faisaient acheter par les impérialistes et qui complotaient pour renverser le gouvernement du peuple. Lorsque les applaudissements des femmes eurent également couronné ses paroles, il remonta vigoureusement son pantalon et jeta un regard de défi à Labbé, lequel, confiant dans son analyse des données objectives, se borna à arborer un sourire entendu et à se féliciter de ce qu'il reste assez de démocratie au Chili pour permettre un débat d'un niveau aussi élevé.

Les jours qui suivirent, les contradictions du processus, comme disaient les sociologues à la télévision, se firent sentir dans l'anse de façon moins rhétorique et plus rigoureuse. Les pêcheurs, mieux outillés grâce aux crédits accordés par le gouvernement populaire et peut-être encouragés par une chanson des Quilapayun aux rimes enchanteresses,

« Ne me dis pas que t'en as pas
du poisson
Ne me le dis pas
papillon
Car moi j'en mange du poisson
papillon »

chanson sur laquelle les économistes et les propagandistes du régime comptaient pour inciter à la consommation du poisson local afin de ne pas gaspiller des devises dans l'importation de viande, les pêcheurs, donc, avaient augmenté leur production et le camion frigorifique qui ramassait la pêche partait tous les jours chargé à plein pour la capitale.

Or, un jeudi d'octobre, il arriva que midi passa sans que le camion vital se fût présenté et les poissons commen-

111

cèrent à languir sous l'ardent soleil printanier. Alors les pêcheurs se rendirent compte que leur anse, pauvre mais idyllique, ne pouvait demeurer à l'écart des tribulations que connaissait le reste du pays et qui ne les avaient atteints jusque-là que par la radio et la télévision de Mme Rosa. Dans la soirée, le député Labbé fit son apparition sur le petit écran, en sa qualité de membre de l'Union des transporteurs, pour annoncer que ces derniers avaient décidé une grève illimitée avec deux objectifs : le premier étant que le président leur accorde des tarifs préférentiels pour l'achat des pièces de rechange, et le second, tant qu'on y était, qu'il s'en aille.

Au bout de deux jours, les poissons furent rejetés à la mer après avoir imprégné le port de leur puanteur et attiré le plus gros rassemblement de mouches jamais connu. Après deux semaines durant lesquelles tout le pays tenta de remédier aux dégâts de la grève par le travail volontaire avec plus de patriotisme que d'efficacité, celle-ci prit fin en laissant le Chili vide et furieux. Le camion revint, mais non le sourire sur le visage rude des travailleurs.

13

Danton, Robespierre, de Gaulle, Jean-Paul Belmondo, Charles Aznavour, Brigitte Bardot, Sylvie Vartan, Adamo furent découpés sans ménagements par Mario Jimenez dans des manuels d'histoire de France ou dans des revues illustrées. A côté d'un immense poster de Paris, don de l'unique agence de tourisme de San Antonio, où l'on voyait un avion d'Air France se faire éventrer par la pointe de la tour Eiffel, cette collection de découpages donnait à la chambre un air de cosmopolitisme distingué. Sa vertigineuse francophilie était cependant mitigée de quelques éléments autochtones : un fanion de la Fédération ouvrière et paysanne de Ranquil, l'effigie de la vierge du Carmel que Beatriz avait défendue toutes griffes dehors devant la menace de l'exiler à la cave, Campos dit « le Tank » dans une envolée glorieuse remontant à l'époque où l'équipe de football de l'Université du Chili était célèbre sous le nom de « ballet bleu », le Dr Salvador Allende ceint de l'écharpe tricolore présidentielle, et une feuille arrachée au calendrier des éditions Lord Cochrane sur laquelle le temps s'était arrêté à la date de sa première — et toujours prolongée — nuit d'amour avec Beatriz Gonzalez.

C'est dans ce séduisant décor, et après trois mois de travail assidu, que le facteur enregistra, en épiant les délicates ondulations du Sony, le texte suivant, que nous reproduisons ici tel que Pablo Neruda put l'écouter deux semaines plus tard dans son cabinet de travail parisien :

« Un, deux, trois. Est-ce que l'aiguille bouge ? Oui, l'aiguille bouge. (Raclement de gorge.) Cher don Pablo, merci beaucoup pour la lettre et le cadeau, bien que la lettre aurait suffi à nous rendre heureux. Mais le Sony est très bon et très intéressant et j'essaye de faire des poèmes en les disant directement dans l'appareil sans les écrire. Pour l'instant rien de très valable. J'ai mis du temps à faire ce que vous m'avez demandé parce qu'en ce moment l'Ile Noire nous donne du travail. Il y a maintenant un camping pour les ouvriers et je fais la cuisine à l'auberge. Une fois par semaine, je vais en vélo à San Antonio et j'y prends les lettres pour les estivants. Nous sommes tous très contents et il y a eu un grand événement dont vous vous rendrez bientôt compte vous-même. Je parie que vous voilà déjà tout intrigué. Surtout, continuez à écouter et n'allez pas chercher plus loin sur la cassette. Je ne veux pas vous prendre trop de votre temps précieux, mais il est encore trop tôt pour que vous appreniez la bonne nouvelle. Je voulais juste vous

114

dire que la vie est pleine de surprises, c'est tout. Vous vous plaignez de la neige qui vous monte jusqu'aux oreilles et figurez-vous que je n'en ai jamais vu de ma vie, pas même un flocon. Sauf au cinéma, bien sûr. Moi, j'aimerais bien être avec vous à Paris et nager dans la neige. M'enfariner comme une souris dans un moulin. C'est bizarre qu'ici on n'ait pas de neige à Noël. C'est sûrement la faute à l'impérialisme yankee ! En tout cas, pour vous remercier de votre belle lettre et de votre cadeau, je vous dédie ce poème, je l'ai écrit pour vous, inspiré par vos odes, et il s'appelle — je n'ai pas trouvé de titre plus court — " Ode à la neige sur Neruda à Paris ". (Une pause, raclements de gorge.)

> Tendre compagne aux pas secrets,
> abondant lait des cieux,
> tablier immaculé de mon école,
> drap de voyageurs silencieux
> qui vont d'hôtel en hôtel
> avec un papier froissé dans leur poche.
> Légère et plurielle demoiselle,
> aile de mille colombes,
> mouchoir qui dit adieu
> à je ne sais quoi.
> S'il te plaît ma pâle belle,
> tombe doucement sur Neruda à Paris,
> habille-le de gala avec ton blanc
> costume d'amiral,

et mène-le sur ta frégate légère
jusqu'à ce port où nous le regrettons tant.

« (Une pause.) Bon, voilà pour le poème. Maintenant, passons aux sons que vous avez demandés.

« Un, le vent dans le carillon de l'Ile Noire. (Suit approximativement une minute de vent dans le carillon de l'Ile Noire.)

« Deux, moi, sonnant la grande cloche du carillon de l'Ile Noire. (Suivent sept coups de cloche.)

« Trois, les vagues sur les rochers de l'Ile Noire. (Il s'agit d'une suite de coups violents de la mer sur les récifs, captés probablement un jour de tempête.)

« Quatre, le chant des mouettes. (Deux minutes d'un curieux effet stéréophonique au cours desquelles il semble que le porteur du micro s'approche silencieusement des mouettes au repos puis les effraie de façon à ce qu'elles s'envolent, car on n'entend pas seulement leurs cris mais aussi de multiples battements d'ailes d'une beauté syncopée. Au milieu, à la hauteur de la quarante-cinquième seconde de la prise de son, on entend la voix de Mario qui hurle : « Mais criez donc, putains d'oi-seaux ! »)

« Cinq, les abeilles et leur ruche. (Environ trois minutes de bourdonnements en dangereux premier plan sur fond d'aboiements de chiens et de chants d'oiseaux, difficilement identifiables.)

« Six, le reflux. (Un morceau d'anthologie, dans lequel

116

il semble que le micro suive la mer de très près dans sa retraite bouillonnante sur le sable jusqu'à ce que ses eaux se confondent avec la vague montante. Il peut s'agir d'une prise de son pendant laquelle Mario Jimenez court à la vitesse de l'eau aspirée et entre dans la mer pour atteindre le point où se produit la précieuse fusion.)

« Et sept (phrase commencée avec une emphase évidente, suivie d'une pause) : Don Pablo Neftali Jimenez Gonzalez *. (Suivent quelque dix minutes de cris stridents de nouveau-né.) »

* Pablo Neruda s'appelait, de son véritable nom, Neftali Reyes.

14

Les économies que Mario avait destinées à un voyage
à la ville furent englouties par la langue succionnante de
Pablo Neftali qui, non content d'assécher les seins de
Beatriz, passait son temps à consommer de solides
biberons de lait au cacao qui, bien que payés bon marché
au service médical national, eussent saigné à blanc
n'importe quel budget. Un an après sa naissance, Pablo
Neftali ne se montrait pas seulement expert dans l'art
d'épouvanter les mouettes comme l'avait prophétisé son
poétissime parrain, mais il brillait par une rare érudition
ès accidents. Il grimpait vers les récifs en imitant la
démarche douce et souple des chats jusqu'au moment où
il dégringolait dans l'océan, se piquait les fesses sur les
bancs d'oursins, se faisait pincer les doigts par les crabes,
s'écorniflait le nez sur les étoiles de mer, en buvant
tellement d'eau salée qu'on le donnait pour mort avant
trois mois. Tout partisan qu'il fût d'un socialisme utopique, Mario Jimenez, fatigué de gaspiller ses futurs et
problématiques francs français dans le porte-monnaie du

pédiatre, fabriqua une cage en bois à laquelle il condamna son fils avec la conviction que c'était la seule manière de pouvoir faire une sieste qui ne se terminerait pas par un service funèbre.

Quand Jimenez junior eut ses premières dents, ce furent les barreaux de la cage qu'il essaya de scier avec ses canines de lait. Ses gencives couronnées d'échardes introduisirent un nouveau personnage à l'auberge et dans les finances exsangues de Mario : le dentiste.

Aussi, quand la Télévision nationale annonça dans son bulletin de la mi-journée qu'elle transmettrait le soir même les images de Pablo Neruda recevant le prix Nobel de littérature, lui fallut-il emprunter l'argent qui lui manquait pour organiser la fête la plus bruyante et la plus arrosée que, de mémoire d'homme, on eût connue dans la région.

Le postier apporta de San Antonio un chevreau cédé à un prix acceptable par un boucher socialiste : « marché gris », précisa-t-il. Mieux, on eut droit, par son entremise, à la présence de Domingo Guzman, un robuste docker qui, la journée terminée, faisait passer son lumbago en rouant de coups une batterie Yamaha — encore les Japonais — au dancing local de la *Rueda*, pour la délectation de toutes les hanches fatiguées qui retrouvaient sensualité et férocité à danser, sur son rythme, le meilleur répertoire de fausses *cumbias* qu'ait introduit, en tout bien tout honneur, Luis Landaez au Chili.

Ils arrivèrent dans la Ford 40, le postier et Domingo

sur les sièges avant, le chevreau et la Yamaha sur la banquette arrière. Ils vinrent de bonne heure, enrubannés de banderoles socialistes et de drapeaux chiliens en plastique, et ils exhibèrent le chevreau devant la veuve Gonzalez, laquelle déclara solennellement qu'elle s'inclinait devant Neruda mais que cela ne l'empêcherait pas de taper sur ses casseroles comme les dames patronnesses de Santiago jusqu'à ce que les communistes quittent le gouvernement. « Il est clair qu'ils sont meilleurs poètes que gouvernants », conclut-elle.

Assistée d'un groupe renouvelé d'estivantes composé cette fois d'allendistes irréductibles capables d'assommer sur place quiconque oserait trouver un poil de travers dans la queue de l'Unité populaire, Beatriz prépara une salade avec une telle quantité de produits en provenance de la paysannerie locale qu'il fallut transporter la baignoire dans la cuisine pour y procéder au naufrage mouvementé des laitues, orgueilleux céleris, tomates primesautières, bettes, carottes, radis, pommes de terre généreuses, coriandres têtues, basilics. Quatorze œufs ne furent pas de trop pour la seule mayonnaise et encore fallut-il confier à Pablo Neftali la délicate mission d'épier la poule de Castille et de claironner : « *Venceremos !* », nous vaincrons, quand celle-ci déposerait son œuf quotidien, afin de le casser d'urgence dans la sauce jaune qui épaissit avec assez de vigueur pour que la preuve fût faite qu'aucune des femmes présentes n'avait ses règles cette après-midi-là.

Mario fit ses invitations à la fête en n'oubliant aucune chaumière de pêcheur. Il parcourut l'anse et le camp des estivants, martelant le timbre de sa bicyclette et rayonnant d'une joie qui ne pouvait se comparer qu'à celle qu'il avait connue quand Beatriz avait expulsé de son placenta le petit Pablo Neftali déjà pourvu d'une crinière à la Paul McCartney. Le « camarade » Rodriguez harangua les vacanciers : un prix Nobel pour le Chili, même de littérature, c'était une victoire pour le président Allende. Il n'avait pas fini sa phrase que déjà le jeune papa Jimenez, victime d'une indignation qui lui électrisait tous les nerfs et jusqu'à la pointe des cheveux, l'empoigna par le coude et le traîna sous le saule pleureur. A l'ombre de l'arbre, Mario lâcha le camarade Rodriguez, humecta ses lèvres desséchées par la rage et dit d'une voix calme, avec une maîtrise de soi empruntée aux films de George Raft :

— Camarade Rodriguez, vous vous rappelez ce couteau de cuisine que j'ai laissé tomber un jour par inadvertance sur la table où vous étiez en train de déjeuner ?

— Oui, répondit l'activiste en se caressant le pancréas. Je n'ai pas oublié.

Mario hocha la tête, pinça les lèvres comme un chat qui va cracher puis promena sur elles l'ongle effilé de son pouce.

— Je l'ai toujours, dit-il.

Domingo Guzman se vit renforcé de Julian de *los*

Reyes à la guitare, du petit Pedro Alarcon pour les maracas, de Rosa veuve Gonzalez pour la voix et du camarade Rodriguez à la trompette, ce dernier ayant jugé plus opportun de se fourrer quelque chose dans la bouche en guise de bâillon. La répétition eut lieu sur une estrade dans l'auberge et tout le monde put ainsi savoir à l'avance que, cette nuit, on danserait aux accents de *la Voile* (*of course*, dit l'oculiste Radomiro Sotorno qui était venu exprès à l'Ile Noire pour soigner l'œil de Pablo Neftali piqué jusqu'au sang par la poule de Castille au moment où l'enfant lui scrutait le cul pour être sûr de ne pas rater l'œuf), *Peu de foi* pour céder aux pressions de la veuve qui se sentait plus en voix dans les romances sentimentales et, dans la catégorie « trémoussements », les immortels *Requin, requin, Cumbia de Macondo, L'orchestre a bu un coup de trop*, et — moins par audace révolutionnaire du camarade Rodriguez que par distraction de Mario — *Ne me dis pas que t'en as pas, papillon, que t'en as pas, du poisson.*

A côté de la télévision, le facteur disposa un drapeau chilien, les livres de l'édition Losada sur papier bible ouverts à la page de la dédicace, un stylo vert ayant appartenu au poète et acquis par Mario dans des conditions peu honorables sur lesquelles on ne donnera pas de détails ici, et, en manière d'ouverture ou d'apéritif — Mario ne permettant pas que l'on consomme une seule olive ou que l'on se mette une goutte de vin sur la langue avant que le discours ne soit terminé — le

Sony qui transmettait le *hit-parade* des bruits de l'Ile Noire.

Tout cela, agitation, faim, vacarme, répétitions, prit magiquement fin quand à vingt heures, au moment où la mer poussait vers l'auberge une brise délicieuse, le Canal national transmit par satellite les dernières paroles du discours de remerciement du prix Nobel de littérature, Pablo Neruda. Il y eut une seconde, une seule seconde plus qu'infinie, durant laquelle il parut à Mario que le silence recouvrait le village comme s'il y déposait un baiser. Et quand Neruda parla sur l'écran neigeux de la télévision, il imagina que ses paroles étaient des chevaux célestes qui galopaient jusqu'à la maison du poète pour aller s'y bercer à leurs râteliers.

Enfants devant un théâtre de marionnettes, les assistants recréaient, par le simple fait de leur attention aiguë, la présence réelle de Neruda dans l'auberge. A cette différence près que le barde était vêtu d'un frac et non du poncho de ses escapades au bar — ce poncho qu'il portait lorsqu'il succomba pour la première fois, sans voix, devant la beauté de Beatriz Gonzalez. Si Neruda avait pu voir ses voisins de l'Ile Noire ainsi qu'ils le voyaient, il aurait remarqué leurs cils pétrifiés, comme si le plus léger mouvement du visage pouvait causer la perte de quelqu'une de ses paroles. S'il arrive un jour que la technique japonaise, poussée à l'extrême limite de ses possibilités, réalise la fusion de créatures électroniques et d'êtres de chair et de sang, les humbles habitants de l'Ile Noire pourront dire qu'ils ont été les précurseurs de ce phénomène. Ils le feront sans jactance, imprégnés de la même douceur que celle avec laquelle ils burent le discours du poète :

« Voici exactement cent ans, un poète pauvre et splendide, le plus atroce des désespérés, écrivait cette prophétie : " A l'aurore, armés d'une ardente patience, nous entrerons aux splendides villes. "

« Je crois en cette prophétie de Rimbaud, le voyant. Je viens d'une obscure province, d'un pays séparé des autres par un coup de ciseaux de la géographie. J'ai été le plus abandonné des poètes et ma poésie a été régionale, faite de douleur et de pluie. Mais j'ai toujours eu confiance en l'homme. Je n'ai jamais perdu l'espérance. Voilà pourquoi je suis ici avec ma poésie et mon drapeau.

« En conclusion, je veux dire aux hommes de bonne volonté, aux travailleurs, aux poètes, que l'avenir tout entier a été exprimé dans cette phrase de Rimbaud ; ce ne sera qu'avec une ardente patience que nous conquerrons la ville splendide qui donnera lumière, justice et dignité à tous les hommes.

« Et ainsi la poésie n'aura pas chanté en vain. »

Ces paroles déchaînèrent des applaudissements spontanés dans le public installé autour de l'appareil et une cascade de larmes chez Mario Jimenez. Debout au premier rang, il laissa libre cours à cette ovation pendant une demi-minute, puis refoula ce qu'il avait dans les narines, frotta ses pommettes trempées par l'ondée et se retourna pour remercier des acclamations nourries destinées à Neruda en élevant une paume à la hauteur de sa tempe et en l'agitant à la manière d'un candidat aux élections sénatoriales. L'écran avala l'image du poète qui fut remplacée par une speakerine. Celle-ci lut une information, mais seul le postier l'entendit lorsqu'elle dit : « Nous répétons : un commando fasciste a déposé une bombe qui a coupé la ligne à haute tension de la région de Valparaiso. La Centrale unique des travailleurs appelle tous ses adhérents, dans tout le pays, à se tenir en état d'alerte », et cela vingt secondes avant que ledit postier ne fût kidnappé du bar par une touriste d'âge mûr, tout à fait comestible si l'on en croit ce qu'il raconta quand il revint au petit matin des dunes où il l'avait accompagnée pour contempler les étoiles fugaces (« les spermatozoïdes fugaces », corrigea la veuve).

Car la vérité est que la fête dura jusqu'à épuisement. On dansa trois fois *Au revoir, requin* et tous chantèrent en chœur « Aïe ! aïe ! aïe ! le requin va te manger », tous sauf le postier, mélancolique et symbolique jusqu'au moment où la touriste d'âge mûr lui mordit le lobe de l'oreille gauche et l'assura qu'après la *cumbia* venait toujours *la Voile*.

On entendit neuf fois *la Voile* et chaque fois avec autant de plaisir, tant et si bien qu'elle devint familière au contingent d'estivants. Et bien qu'il s'agisse là d'un air fait surtout pour le flirt et la danse *cheek to cheek*, ceux-ci l'entonnèrent à gorge déployée au milieu des baisers à langue-que-veux-tu.

On confectionna un pot-pourri de vieux airs qui traînaient au temps de l'enfance de Domingo Guzman, avec notamment *Peau de canelle, Ah quelle merveille maman, C'est Adela qui me l'a dit, Papa aime le mambo, Le cha-cha-cha des amoureux, Je ne crois pas Gagarine, Marcianita* et *Amour désespéré* dans une version de la veuve Gonzalez qui ne le cédait en rien en intensité à Yaco Monti son interprète original.

Si la nuit fut longue, personne ne put se plaindre du manque de vin. Toute table où Mario voyait des bouteilles à demi vides était pourvue illico d'une dame-jeanne « pour épargner les voyages à la cave ». Il y eut un moment de la fête où la moitié de la population se retrouva mélangée dans les dunes et, selon un décompte que fit la veuve, les couples n'étaient pas à cent pour cent les mêmes que ceux qui avaient été sanctifiés et certifiés par l'Église et l'état civil. Lorsque Mario Jimenez eut la certitude qu'aucun de ses invités n'était plus en état de se souvenir de ses nom, prénom, adresse, numéro d'électeur et dernier domicile du conjoint, alors seulement il décida que la fête était un succès et que le brassage pouvait continuer à prospérer sans son aide et sans sa présence. D'une passe de toréador, il défit le tablier de Beatriz, lui prit allègrement la taille et engouffra son pieu entre ses cuisses, ce qui sembla lui plaire à en juger par les abondants soupirs qu'elle laissa échapper comme

126

par la sève abondante qui lui lubrifiait la coquille. La langue dans son oreille mouillée et les mains agrippées à ses fesses, il la maintint debout dans la cuisine sans plus se soucier de lui retirer sa mini-jupe.

— On va nous voir, mon amour, haleta la jeune femme, en se plaçant de façon à ce que l'engin la pénètre à fond.

Mario se mit en devoir de lui besogner les hanches à coups secs et, tout en couvrant ses seins de salive, il balbutia :

— Quel dommage qu'on n'ait pas le Sony, on aurait enregistré cet hommage à don Pablo.

Et l'instant d'après, il rendit public un orgasme si fracassant, tumultueux, outrancier, extraordinaire, sauvage et apocalyptique, que les coqs crurent le jour levé et, crêtes turgescentes, se mirent à lancer des cocoricos, que les chiens confondirent ce hurlement avec la sirène du train de nuit venant du Sud et aboyèrent à la lune comme mus par un mot d'ordre incompréhensible, que le camarade Rodriguez occupé à barbouiller l'oreille d'une universitaire communiste avec la salive mugissante d'un tango de Gardel eut l'impression qu'une pierre tombale lui bloquait la gorge et lui coupait la respiration, et que Rosa veuve Gonzalez n'eut d'autre recours que de tenter, micro en main, de couvrir le *hosanna* de Mario en se lançant une fois de plus dans *la Voile* avec des trilles de chanteuse d'opéra. Elle agita les bras comme les ailes d'un moulin pour faire signe à Domingo Guzman et à

Pedro Alarcon que roulent les tambours et les cymbales, que claquent les maracas, que sonnent les trompettes et que couinent les trutrucas, mais le maestro Guzman fit un clin d'œil au petit Pedro et dit :

— Vous pouvez être sûr, maestro, que si la veuve saute comme ça, c'est qu'on est en train de faire danser la fille.

Douze secondes après cette prophétie, alors que les oreilles de tous les assistants, sobres, ivres ou inconscients, étaient tendues vers la cuisine comme attirées par un puissant aimant et tandis qu'Alarcon et Guzman affectaient d'essuyer la sueur de leurs paumes sur leur chemise avant de reprendre un accompagnement tremblotant, l'orgasme de Beatriz se déploya vers la nuit sidérale à une cadence qui donna de l'inspiration aux couples des dunes (« Fais-en-moi un pareil, mon petit », implora la touriste qui avait enlevé le postier), qui rendit écarlates et phosphorescentes les oreilles de la veuve et qui inspira au curé insomniaque dans sa tour les paroles suivantes : « Magnificat, stabat, pange lingua, dies irae, benedictus, kyrie eleison, angelica. »

Quand se fut éteint l'ultime trille, il sembla que la nuit entière était devenue moite et que le silence restait chargé de rumeurs et de trouble. La veuve rejeta sur l'estrade le micro inutile. Des dunes et des rochers parvinrent des applaudissements d'abord hésitants auxquels se joignirent ceux, enthousiastes, de l'orchestre de l'auberge et ceux, bien frappés, des touristes et des pêcheurs jusqu'à former une véritable cataracte que vint égayer un « *Viva Chile, mierda !* » de l'ineffable camarade Rodriguez. La veuve gagna la cuisine et y découvrit, qui luisaient dans l'ombre, les yeux extatiques de sa fille et de son gendre. Elle fit un geste du pouce par-dessus son épaule et lâcha en direction du couple :

— L'ovation, c'est pour les tourtereaux.

Beatriz se couvrit la face inondée de larmes heureuses et sentit que celle-ci était soudain en ébullition.

— Oh ! Qu'est-ce que tu dis ?

Mario enfila son pantalon et l'assura solidement avec sa corde.

— Allons, belle-mère, oubliez l'offense. Une nuit pareille, il fallait bien fêter ça.

— Fêter quoi ? rugit la veuve.

— Le prix Nobel de don Pablo. Vous voyez bien que nous avons gagné.

— Nous avons gagné ?

Mme Rosa fut au bord de serrer le poing et de le propulser sur cette langue fleurie ou d'envoyer un coup de pied dans ces attributs épanouis et irresponsables. Mais à court d'inspiration, elle décida qu'il était plus digne d'aller puiser dans sa réserve de dictons :

— C'est aussi ce que disait la mouche du coche, conclut-elle avant d'assener son claquement de porte.

15

Si l'on se réfère à la fiche du Dr Giorgio Solimano, en
août 1973 le jeune Pablo Neftali avait eu droit aux
maladies et accidents suivants : rubéole, rougeole, vari-
celle, bronchite, entérogastrite, amygdalite, pharyngite,
colite, foulure de la cheville, luxation de la cloison
nasale, contusions du tibia, traumatisme crânien, brûlure
au second degré du bras droit — conséquence d'une
tentative de sauvetage de la poule de Castille dans le
pot-au-feu — et infection du petit doigt de pied gauche
pour avoir marché sur un hérisson si phénoménal que
lorsque Mario eut désempalé Pablo Neftali et lardé la
bête de coups de couteau vengeurs, celle-ci, dûment
assaisonnée de poivre, de citron et d'un zeste de piment,
s'avéra suffire au dîner de toute la famille.

Épuisé par les cavalcades à brides abattues vers
l'hôpital de San Antonio, Mario Jimenez rassembla les
dépouilles mortelles de son billet pour Paris depuis
longtemps utopique et s'acheta un scooter qui lui permit
de gagner rapidement et sûrement le port à chaque fois

que Pablo Neftali se massacrait une nouvelle partie du corps. Ce véhicule apporta également à la famille un autre soulagement car les arrêts de travail des camionneurs, chauffeurs de taxi et livreurs se multiplièrent et, certains soirs, le pain lui-même vint à manquer à l'auberge, la farine devenant introuvable. Le scooter devint alors le complice d'explorations qui permirent à Mario de se libérer peu à peu de la cuisine pour ratisser les endroits où acheter de quoi permettre à la veuve d'améliorer l'ordinaire.

— L'argent, la liberté, c'est bien, mais il n'y a rien à acheter avec, philosophait la veuve dans les thés de société qui réunissaient les touristes devant la télévision.

Un soir que Mario Jimenez, stimulé par l'air de Rina Ketty et par Beatriz, révisait la leçon numéro deux du livre *Bonjour Paris* qui lui révélait que les gargouillis qu'il émettait en disant « r » lui ouvraient toute grande la porte d'un français tel qu'on le parle sur les Champs-Élysées, la voix grave d'une cloche trop familière l'arracha pour toujours aux irrégularités du verbe *être*. Beatriz le vit se lever, pris d'une transe, marcher à la fenêtre, l'ouvrir et écouter dans toute son ampleur le second coup de la cloche dont les vibrations firent sortir les voisins de leurs maisons.

Somnambule, il passa la sacoche de cuir à son épaule

131

et il était sur le point de partir sur la route quand Beatriz le freina net d'une clef au cou et d'une phrase très Gonzalez :

— Ce village ne supportera pas un second scandale en moins d'un an.

Elle le traîna devant le miroir et le facteur dut constater qu'il n'avait pour tout vêtement que sa sacoche qui, placée comme elle l'était, lui couvrait à peine une fesse.

Il apostropha son image en français :

— *Tu es fou, mon petit.*

Toute la nuit, il resta à contempler la course de la lune, jusqu'à ce qu'elle s'évanouît dans le petit matin. Il y avait tant de choses en suspens entre le poète et lui que ce retour surprise le déconcertait. Il était clair qu'il commencerait — noblesse oblige — par s'enquérir de son ambassade à Paris, des raisons de son retour, des actrices à la mode et de ce qui se portait cette saison (peut-être avait-il rapporté quelque chose pour Beatriz), et qu'ensuite, seulement, il entrerait dans le vif du sujet, lequel n'était autre que ses œuvres complètes *choisies* — il soulignerait bien « choisies » — qui remplissaient, superbement calligraphiées, l'album du député Labbé, accompagnées d'un communiqué de l'illustre municipalité de San Antonio annonçant un concours de poésie dont le premier prix consistait en « une fleur naturelle, la publication du texte gagnant dans la revue culturelle *la Quinta Rueda* — la Cinquième Roue — et cinquante mille escudos payables comptant ». La mission du poète serait d'explorer le cahier, de choisir un poème et, si ce n'était pas trop lui demander, d'y donner un petit coup de patte final.

Bien avant que n'ouvre la boulangerie, que l'on n'entende au loin les grelots de l'âne du laitier, que ne chantent les coqs, que ne s'éteigne la lumière de l'unique lampadaire, il était déjà devant la porte à monter la garde. Engoncé dans les mailles grossières de son chandail de marin, il resta là à se morfondre, le regard toujours fixé sur les volets dans l'attente d'un signe de vie dans la maison. A chaque demi-heure qui passait, il se répétait que le poète était certainement épuisé par son voyage, qu'il restait à paresser sous ses couvertures chilotes et que doña Matilde avait dû lui apporter son petit déjeuner au lit. Malgré la souffrance que lui causaient ses doigts de pieds gelés, il ne perdait pas l'espoir de voir apparaître ce plissement des yeux et ce sourire absent qui avaient accompagné ses rêves durant tant de mois.

Vers les dix heures, sous un soleil délavé, doña Matilde ouvrit le portail, un panier tressé à la main. Le garçon accourut pour la saluer, en frappant joyeusement sur le plat de sa sacoche puis en dessinant dans l'air le volume astronomique du courrier en souffrance qu'elle contenait. La femme lui serra la main chaleureusement, mais il suffit d'un seul battement de ses yeux expressifs pour que Mario discerne la tristesse derrière sa cordialité.

133

— Pablo est malade, dit-elle.

Elle ouvrit son panier tressé et l'invita d'un geste à y déverser le courrier. Il voulut lui dire : « Vous me laissez le lui porter dans sa chambre ? », mais la douce gravité de Matilde l'arrêta et, après avoir obéi, il plongea les yeux dans les profondeurs de sa sacoche vide et demanda, tout en devinant déjà la réponse :

— C'est grave ?

Matilde acquiesça et le facteur fit quelques pas avec elle jusqu'à la boulangerie, s'acheta un kilo de petits pains de son, des *marraquetas*, et, une demi-heure plus tard, faisant pleuvoir les miettes sur les pages de l'album, il décida souverainement de postuler le premier prix avec son « Portrait au crayon de Pablo Neftali Gonzalez Jimenez ».

16

Mario observa le règlement du concours à la lettre. Dans une enveloppe à part, il consigna, un peu honteux, sa brève biographie à la fin de laquelle il ajouta seulement, juste pour la rendre moins terne : « récitals divers ». Il se fit taper l'enveloppe à la machine par le postier et conclut la cérémonie en faisant fondre de la cire sur son envoi pour imprimer dans la pâte rouge le sceau officiel des Postes chiliennes.

— Pour ce qui est de la présentation, tu ne crains personne, dit don Cosme tandis qu'il pesait la lettre et que, en authentique mécène, il se volait lui-même de deux timbres.

L'inquiétude le rendit nerveux, mais elle lui apporta au moins une distraction dans son chagrin de ne pas voir le barde. A deux reprises, le matin de bonne heure, il put saisir des bribes de la conversation échangée entre doña Matilde et le médecin, mais sans parvenir à se renseigner véritablement sur l'état de santé du poète. A la troisième occasion, il demeura, après avoir remis le courrier, à rôder devant le portail et, quand le docteur sortit pour regagner sa voiture, il céda à son impulsion et le questionna en transpirant. La réponse le plongea d'abord dans la perplexité puis, une demi-heure plus tard, dans le dictionnaire :

— État stationnaire.

C'est le 18 septembre 1973, jour anniversaire de l'indépendance du Chili, que *la Quinta Rueda* devait publier une édition spéciale où figurerait, dans les pages centrales et en gros caractères, le poème primé. Une semaine avant cette date brûlante, Mario Jimenez rêva que le « Portrait au crayon de Pablo Neftali Jimenez Gonzalez » remportait la couronne et que Pablo Neruda en personne lui remettait la fleur naturelle et le chèque. Ce nirvana fut troublé par des coups furieux frappés à la fenêtre. Il alla à tâtons jusqu'à celle-ci en proférant des malédictions, l'ouvrit et découvrit le postier, enveloppé dans un poncho, qui lui tendit d'un geste brusque sa petite radio d'où sortait une marche militaire allemande connue, *Alte Kameraden*. Ses yeux tombaient comme deux brebis tristes perdues dans la grisaille de la neige. Sans dire un mot, le visage impassible, il fit tourner la molette de l'appareil : sur toutes les chaînes retentissait la même musique martiale, timbales, trompettes, trombones et cors passés à la moulinette du petit haut-parleur. Puis il haussa les épaules, contempla longue-

ment interminablement indéfiniment la radio de dessous
le lourd poncho et dit gravement :

— Je me barre.

Mario passa les doigts dans sa chevelure en guise de
peigne, attrapa son chandail marin et sauta par la fenêtre
pour enfourcher son scooter.

— Je vais chercher le courrier du poète, dit-il.

Le postier s'interposa et empoigna avec détermination
le guidon de l'engin.

— Tu veux te suicider ?

Ils levèrent tous deux la tête vers le ciel pour voir
passer trois hélicoptères en direction du port.

— Passez-moi les clefs, chef, cria Mario en faisant
vrombir sa Vespa à l'unisson des hélicoptères.

Don Cosme les lui tendit puis le retint par le
poignet.

— Et après, jette-les à la mer. Comme ça, on les fera
quand même un peu chier, ces cons.

A San Antonio, l'armée occupait les édifices publics
et, à chaque balcon, des mitraillettes vigilantes se dépla-
çaient avec un mouvement pendulaire. Les rues étaient
pratiquement vides et, avant d'arriver à la poste, il put
entendre des coups de feu vers le nord. D'abord isolés,
puis nourris. Devant la porte, une recrue fumait, ratati-
née par le froid, et rectifia sa position quand Mario
s'approcha en faisant tinter ses clefs.

— Qui tu es ? dit-il en tirant une dernière bouffée sur
sa cigarette.

— Je travaille ici.

— Tu fais quoi ?

— Facteur, bien sûr.

— Rentre chez toi. Ça vaut mieux.

— Il faut d'abord que je prenne le courrier.

— Dis donc, on fait des cartons dans les rues, et toi tu te pointes ?

— Ben quoi, c'est mon boulot.

— Alors prends les lettres et taille-toi. Vu ?

Il alla jusqu'aux casiers, fouilla dans le courrier et tria cinq lettres pour le poète. Après quoi il gagna le télex, ramassa la feuille qui se déroulait sur le sol comme un tapis et aperçut quelque vingt télégrammes urgents pour le poète. Il l'arracha d'un coup sec, l'enroula sur son bras gauche et la fourra dans sa sacoche avec les lettres. Les coups de feu redoublèrent en direction du port et le garçon examina les murs que don Cosme avait décorés selon ses goût militants : Salvador Allende pouvait demeurer, puisque tant que l'on ne changerait pas les lois du Chili, même mort, il continuerait à être le président constitutionnel. Mais la barbe en désordre de Marx et les yeux de feu de Che Guevara furent décrochés et enfouis dans la sacoche. Avant de sortir, il prit une initiative qui eût réjoui son chef au fond de sa mélancolie : il se planta la casquette réglementaire sur la tête, cachant ainsi cette toison turbulente qui, face à la coupe stricte du militaire, lui parut désormais relever définitivement de la clandestinité.

138

— Tout est en ordre ? lui demanda le soldat en le voyant sortir.

— Tout est en ordre.

— T'as mis ta casquette de facteur, hein ?

Mario tâta pendant plusieurs secondes la dure armature de son couvre-chef, comme pour bien vérifier qu'il recouvrait sa chevelure, et rabattit la visière sur ses yeux d'un geste hautain :

— A partir de dorénavant, l'usage de la tête sera limité au port de la casquette.

Le soldat se passa la pointe de la langue sur les lèvres, se planta une nouvelle cigarette entre les dents du milieu, la retira un instant pour cracher un brin de tabac doré, étudia les coloquintes et dit à Mario sans le regarder :

— Taille-toi, petite tête.

17

Aux abords de la maison de Neruda, un groupe de militaires avait installé un barrage et, plus loin derrière, un camion de l'armée faisait tourner silencieusement son gyrophare. Il tombait une pluie légère, une bruine froide de la côte, plus éprouvante que vraiment mouillée. Le facteur prit un raccourci et, du haut de la colline, une joue plongée dans la boue, il put avoir un tableau d'ensemble de la situation : le chemin du poète était bloqué au nord et gardé, devant la boulangerie, par trois soldats. Ceux qui devaient l'emprunter étaient fouillés. Chaque papier de leur portefeuille était lu, plus pour tromper l'ennui de monter la garde dans un hameau aussi insignifiant que par zèle antisubversif ; si le passant portait un sac, on lui intimait, sans violence, l'ordre d'en montrer le contenu en détail : le détergent, le paquet de vermicelle, la boîte de thé, les pommes, le kilo de pommes de terre. Après quoi, d'un geste ennuyé, on lui permettait de repartir. Bien que tout cela fût neuf, Mario trouva que la conduite des militaires avait un air de

140

routine. Ce n'est que lorsque réapparaissait, à inter-
valles réguliers, un lieutenant moustachu et vociférant,
qu'ils redevenaient sévères et accéléraient le mouvement.

Il resta jusqu'à midi à observer leurs manœuvres. Puis
il descendit prudemment et, sans reprendre son scooter,
fit un immense détour pour passer derrière des habita-
tions anonymes, gagna la plage à la hauteur du môle et
marcha le long des rochers, pieds nus sur le sable, jusqu'à
la hauteur de la maison de Neruda.

Il mit la sacoche en sûreté derrière un rocher aux
arêtes dangereuses dans une excavation à proximité des
dunes, en tira le rouleau qui contenait les télégrammes
avec toute la prudence que lui imposait le passage
incessant des hélicoptères en rase-mottes sur la plage et,
une heure durant, il les lut. Après quoi seulement, il
aplatit le papier entre ses paumes et le glissa sous une
pierre. La distance qui le séparait du carillon n'était pas
grande, même si la montée était escarpée. Mais il fut
arrêté, une fois encore, par le ballet des avions et des
hélicoptères qui avaient déjà contraint les mouettes et les
pélicans à l'exil. La mécanique disproportionnée de leurs
rotors et la souplesse avec laquelle ils stoppaient net,
suspendus au-dessus de la maison du poète, le firent
penser à des fauves aux aguets flairant quelque chose,
l'œil vorace, et il refréna son envie de gravir la pente au
risque de dégringoler ou d'être repéré du chemin par la
sentinelle. Il chercha une ombre propice à sa progres-

141

sion. L'obscurité n'était pas encore venue mais les rochers escarpés semblaient offrir une certaine protection, à l'abri du soleil qui perçait par instants les nuages lourds et qui dénonçait les moindres tessons de bouteille et les moindres galets luisant sur la plage.

Arrivé au carillon, il trouva un filet d'eau où il lava le mélange de sueur et de crasse incrusté dans les égratignures de ses joues et, surtout, de ses mains.

En parvenant sur la terrasse, il vit doña Matilde, les bras croisés sur la poitrine, le regard perdu dans le murmure de la mer. Le facteur lui fit un signe et elle tourna les yeux vers lui : il porta un doigt sur ses lèvres pour implorer son silence. Matilde vérifia que l'espace qui le séparait de la chambre du poète ne tombait pas dans le champ de vision du garde posté sur le chemin et, d'un battement de cils en direction de la porte, elle lui indiqua que la voie était libre.

Il dut tenir un moment la porte entrouverte afin de distinguer Neruda dans cette pénombre aux odeurs de médicaments, d'onguents et de bois humide. Il marcha sur le tapis jusqu'au lit avec la précaution d'un visiteur dans un temple, impressionné par la respiration laborieuse du poète qui ahanait comme si l'air lui blessait la gorge avant de s'en échapper.

— Don Pablo, murmura-t-il très bas comme pour ajuster le volume de sa voix à la lumière ténue de la lampe voilée d'une nappe brune.

Il lui sembla que c'était son ombre qui avait parlé. La

silhouette de Neruda se dressa péniblement sur le lit et ses yeux éteints fouillèrent l'ombre.

— Mario ?

— Oui, don Pablo.

Le poète tendit un bras sans force, mais le facteur ne fit pas attention à son appel, dans ce jeu de contours sans volumes.

— Approche-toi, mon garçon.

Quand il fut tout contre le lit, le poète lui serra le poignet d'une pression dont Mario sentit la fièvre et le fit asseoir près de l'oreiller.

— Ce matin, j'ai essayé d'entrer chez vous, mais je n'ai pas pu. La maison est entourée de soldats. Ils ont juste laissé passer le docteur.

Les lèvres du poète s'entrouvrirent pour un faible sourire.

— Je n'ai plus besoin de docteur, fils. On ferait mieux de m'envoyer directement le fossoyeur.

— Ne parlez pas comme ça, poète.

— Fossoyeur, c'est une bonne profession, fils. Tu te souviens quand Hamlet est plongé dans ses méditations et que le fossoyeur lui conseille : « Cherche-toi une fille robuste et laisse là ces bêtises » ?

Le jeune homme put alors distinguer une tasse sur la table de chevet et, sur un geste de Neruda, il l'approcha de ses lèvres.

— Comment vous sentez-vous, don Pablo ?

— Moribond. A part ça, rien de grave.

— Vous savez ce qui se passe ?

— Matilde a essayé de tout me cacher, mais j'ai une petite radio japonaise sous ma couverture.

Il avala une lampée d'air et l'expulsa en tremblant.

— Mon garçon, avec cette fièvre, je me sens comme un poisson dans la poêle.

— Elle sera bientôt finie, poète.

— Non, fiston. Ce n'est pas la fièvre qui va finir. C'est moi.

Avec un coin du drap, le facteur lui essuya la sueur qui coulait du front dans les yeux.

— C'est grave, ce que vous avez, don Pablo ?

— Puisque nous sommes dans Shakespeare, je te répondrai comme Mercutio quand il est transpercé par l'épée de Tybalt : « La blessure n'a pas la profondeur d'un puits, elle n'a pas la largeur d'un porche d'église, mais elle est suffisante : demandez à me voir demain, et, quand vous me retrouverez, j'aurai la gravité que donne le cercueil ».

— S'il vous plaît, recouchez-vous.

— Aide-moi à marcher jusqu'à la fenêtre.

— Je ne peux pas. Doña Matilde ne m'a laissé entrer que parce que...

— Je suis ton entremetteur, ton compère et le parrain de ton enfant. Avec tous ces titres gagnés à la sueur de ma plume, j'exige que tu me conduises jusqu'à la fenêtre.

Mario tenta de contenir l'excitation du poète en lui

144

prenant les poignets. La veine de son cou palpitait comme un animal.

— La brise est froide, don Pablo.

— Le froid de la brise est relatif. Si tu voyais le vent glacé qui souffle dans mes os. Il est sauvage et acéré le poignard final, mon garçon. Conduis-moi à la fenêtre.

— Ne bougez pas, poète.

— Que veux-tu me cacher ? Est-ce que, quand tu ouvriras la fenêtre, la mer ne sera plus là, juste au-dessous de moi ? Ils me l'ont peut-être mise en cage ?

Mario sentit sa voix s'enrouer et ses yeux se mouiller. Il se caressa lentement la joue puis il mit, comme un enfant, les doigts dans sa bouche.

— La mer est là, don Pablo.

— Alors, qu'est-ce que tu as ? gémit Neruda, les yeux suppliants. Conduis-moi à la fenêtre.

Mario passa les doigts sous les bras du poète et réussit à le mettre debout à côté de lui. Il craignait qu'il ne s'évanouît et il l'étreignit si fortement qu'il put sentir le frisson qui secoua le poète se frayer un chemin sous sa propre peau. Comme un seul homme, ils titubèrent et gagnèrent la fenêtre. Le garçon tira l'épais rideau bleu, mais il ne voulut pas regarder ce qu'il pouvait déjà voir dans les yeux du poète. La lumière rouge du gyrophare vint fouetter sa pommette par intermittence.

— Une ambulance, rit le poète, la bouche remplie de larmes. Pourquoi pas un corbillard ?

145

— On va vous conduire dans un hôpital, à Santiago. Doña Matilde est en train de préparer vos affaires.

— A Santiago, il n'y a pas la mer. Il n'y a que des médecins et des chirurgiens.

Le poète laissa retomber sa tête contre la vitre et celle-ci se brouilla sous son souffle.

— Vous êtes brûlant, don Pablo.

Soudain le poète porta son regard vers le toit et parut observer quelque chose qui disparaissait entre les poutres parmi les noms de ses amis morts. Un nouveau frisson alerta le facteur de la montée de la température. Il voulut crier pour prévenir Matilde mais il en fut dissuadé par la présence d'un soldat qui venait remettre un papier au chauffeur de l'ambulance. Neruda s'obstina à vouloir marcher jusqu'à l'autre porte-fenêtre, comme s'il avait une crise d'asthme. En lui prêtant son appui, Mario sut que désormais les dernières forces de ce corps s'étaient réfugiées dans la tête. Faibles furent la voix et le sourire du poète quand celui-ci lui parla sans le regarder.

— Dis-moi une bonne métaphore, mon petit, pour que je meure tranquille.

— Il ne me vient aucune métaphore, poète, mais écoutez ce que j'ai à vous dire.

— Je t'écoute, fils.

— Bien. Il est arrivé aujourd'hui plus de vingt télégrammes pour vous. Je voulais vous les apporter, mais la maison était gardée et je n'ai pas pu. Vous me pardonnerez ce que j'ai fait, il n'y avait pas d'autre moyen.

— Qu'est-ce que tu as fait ?

— J'ai lu tous les télégrammes et je les ai appris par cœur pour pouvoir vous les dire.

— D'où viennent-ils ?

— De partout. Voulez-vous que je commence par la Suède ?

— Vas-y.

Mario fit une pause pour avaler sa salive. Neruda se dégagea un instant et prit appui sur la poignée de la porte-fenêtre. Une rafale soufflait sur les vitres maculées de sel et de sable et les faisait vibrer. Mario accrocha son regard à une fleur qui se défaisait au flanc d'un pot d'argile et il restitua le premier texte en prenant garde de ne pas confondre les différents câbles.

— « Douleur et indignation assassinat président Allende. Gouvernement et peuple suédois offrent asile poète Neruda. »

— Un autre, dit le poète qui sentait que des ombres envahissaient ses yeux et que des cataractes ou des cavalcades de fantômes cherchaient à briser les vitres pour aller rejoindre des corps aux formes confuses que l'on voyait se lever sur le sable de la plage.

— « Mexico met avion disposition poète Neruda et famille pour transfert immédiat », récita Mario, déjà certain de ne plus être écouté.

La main de Neruda tremblait sur la poignée de la fenêtre, peut-être pour l'ouvrir, mais aussi comme s'il cherchait à éprouver de ses doigts crispés l'épaisseur

147

d'une matière semblable à celle qu'il sentait tournoyer
dans ses veines et remplir sa bouche de salive. Sur la
houle métallique déchiquetée par le reflet des rotors des
hélicoptères d'où giclait une poussière scintillante de
poissons d'argent, il crut voir se dresser une maison de
pluie aux murs d'eau, impalpable charpente humide,
humide et intime comme sa propre peau. Dans le
halètement trépidant de son sang, cette eau noire qui
était germination, obscur travail des racines, invisible
orfèvrerie des nuits porteuses de fruits, un secret bruis-
sant se révélait maintenant à lui, et c'était la conviction
définitive de l'existence d'un magma à qui tout apparte-
nait, celui-là même que tous les mots cherchaient,
guettaient, traquaient sans le nommer, ou nommaient en
se taisant (la seule certitude est que nous respirons et que
nous cessons de respirer, avait dit jadis un jeune poète
venu du sud et sa main, dans un geste d'adieu, avait
désigné un panier de pommes sous le drap mortuaire) :
sa maison face à la mer et la maison d'eau dérivant
maintenant à travers les vitres elles-mêmes faites d'eau,
ses yeux, maison des choses, ses lèvres, maison des mots,
mouillées par cette même eau qui avait un jour crevassé
le cercueil de son père après avoir traversé les tombes à
balustres des autres morts pour enflammer la vie du
poète d'un secret dont la révélation lui venait enfin et
qui, par ce hasard qui commande à la beauté et au néant,
sous une pluie de morts aux yeux bandés et aux poignets
sanglants, lui posait sur la bouche un poème qu'il ne sut

ni ne dit mais que Mario, lui, entendit bien quand le
poète ouvrit la fenêtre et que le vent fit se dissiper les
ombres :

> « Je retourne à la mer qu'enveloppe le ciel
> le silence entre une vague et l'autre
> instaure une attente dangereuse :
> que meure la vie, que se calme le sang
> et que déferle le mouvement nouveau
> pour que résonne la voix de l'infini. »

Derrière lui, Mario le prit dans ses bras et, levant les
mains pour couvrir ses pupilles hallucinées, lui dit :
— Ne mourez pas, poète.

18

L'ambulance emporta Pablo Neruda vers Santiago. Sur la route il fallut éviter les barrages de la police et les contrôles militaires.

Il mourut le 23 septembre 1973 à la clinique Santa Maria.

Tandis qu'il agonisait, sa maison de la capitale, sur une pente de la colline San Cristobal, fut mise à sac, les vitres furent brisées et l'eau des robinets ouverts provoqua une inondation.

On le veilla au milieu des décombres.

La nuit de printemps était froide et ceux qui entouraient le cercueil burent des tasses de café jusqu'au lever du jour. Vers les trois heures du matin, une jeune fille en noir, qui avait déjoué le couvre-feu en passant par la colline, vint se joindre à la veillée.

Le jour suivant, il fit un soleil discret.

De San Cristobal au cimetière, le cortège grossit. En passant à la hauteur des fleuristes de Mapocho, on

cria, avec le nom du poète mort, celui d'Allende.
L'armée, baïonnettes pointées, entoura le cortège.

Aux abords de la tombe, les assistants chantèrent
l'*Internationale*.

19

Mario Jimenez connut la mort du poète par la télévision de l'auberge. L'information fut donnée par un présentateur ampoulé qui parla de la disparition d'« une gloire nationale et internationale ». Suivit une brève biographie jusqu'à la date du prix Nobel, qui s'acheva sur la lecture d'un communiqué par lequel la junte militaire exprimait sa consternation devant cette mort.

Contaminés par le silence de Mario, Rosa, Beatriz et même Pablo Neftali le laissèrent en paix. On fit la vaisselle du dîner, on salua sans mots inutiles le dernier touriste qui partait prendre le train de nuit pour Santiago, on replongea indéfiniment l'œuf à thé dans l'eau chaude, on gratta avec les ongles les plus petits débris de nourriture collée à la toile cirée des tables.

La nuit, le facteur ne put dormir et il attendit les yeux au plafond que passent les heures, sans qu'une seule pensée vît le distraire. Vers les cinq heures du matin, il entendit des voitures freiner devant la porte. Il s'approcha de la fenêtre et il vit un homme moustachu qui lui faisait signe de sortir. Mario enfila son chandail de marin et alla à la porte. A côté de l'homme à la moustache il y en avait un autre, très jeune, aux cheveux courts, portant un imperméable et un large nœud de cravate.

— Vous êtes Mario Jimenez ? demanda le moustachu.

— Oui monsieur.

— Mario Jimenez, profession facteur ?

— Facteur, oui monsieur.

Le jeune à l'imperméable sortit une fiche grise de sa poche et la parcourut d'un coup d'œil.

— Né le 7 février 1952 ?

— Oui monsieur.

Le jeune homme regarda son aîné et ce fut celui-ci qui parla :

— Bien. Vous devez nous suivre.

Le facteur s'essuya les paumes sur ses cuisses.

— Pourquoi, monsieur ?

— Nous avons quelques questions à vous poser, dit l'homme à la moustache en se plantant une cigarette entre les lèvres puis en tâtant ses poches comme pour y chercher des allumettes.

Il vit le regard interrogateur de Mario.

— Une vérification de routine, assura-t-il en demandant d'un geste du feu à son compagnon.

Celui-ci hocha négativement la tête.

— Vous n'avez rien à craindre, dit alors l'homme à l'imperméable.

— Après, vous rentrerez chez vous, dit l'homme à la moustache en passant la tête par la fenêtre de l'une des deux voitures sans immatriculation dont le moteur continuait à tourner.

— Il s'agit d'une vérification de routine, ajouta le jeune à l'imperméable.

— Vous répondrez à deux ou trois questions et après, vous rentrerez chez vous, dit l'homme à la moustache en s'éloignant vers l'occupant de l'autre voiture qui lui tendait maintenant un briquet doré.

Le moustachu se pencha et, d'un coup précis, le député Labbé fit jaillir la flamme. Mario vit le moustachu se relever, aspirer profondément pour aviver la braise de sa cigarette et indiquer d'un geste au jeune homme à l'imperméable de rejoindre sa voiture. Celui-ci ne toucha pas Mario. Il se borna à lui montrer la Fiat noire. La voiture du député Labbé démarra lentement et Mario gagna l'autre véhicule avec son accompagnateur. Au volant, un homme portant des lunettes noires écoutait les informations. En entrant dans la voiture, Mario entendit la radio annoncer que l'armée avait occupé les éditions Quimantu et procédé à la saisie de diverses revues subversives, dont *Nosotros los Chilenos*, *Paloma* et *la Quinta Rueda*.

Épilogue

Des années passèrent. Un jour, j'appris par la revue *Hoy* qu'un ancien rédacteur de *la Quinta Rueda* venait de rentrer au Chili de son exil mexicain. Comme il s'agissait d'un vieux camarade de lycée, je lui téléphonai et nous convînmes d'un rendez-vous. Nous parlâmes un peu politique et, surtout, des chances plus ou moins lointaines d'un retour de la démocratie au Chili. Au bout de quelques minutes il m'accablait de ses souvenirs d'exil et après avoir commandé notre troisième café, je lui demandai s'il ne se rappelait pas, par hasard, le nom de l'auteur du poème vainqueur qui aurait dû être publié dans *la Quinta Rueda* le 18 septembre de l'année du coup d'État.

— Bien sûr que si, me dit-il. Il s'agissait d'un excellent poème de Jorge Teillier.

Je prends mon café sans sucre, mais j'ai la manie de le remuer avec ma petite cuiller.

— Tu ne te souviens pas, lui dis-je, d'un texte dont le

155

titre un peu curieux t'aura peut-être frappé : « Portrait au crayon de Pablo Neftali Jimenez » ?

Mon ami prit le sucrier et le garda un instant en faisant un effort de mémoire. Il hocha silencieusement la tête de gauche à droite. Non, il ne se souvenait pas. Il approcha le sucrier de mon café, mais je le couvris bien vite de la main :

— Non merci, dis-je. Je le bois amer.

Imprimé en France sur Presse Offset par

BRODARD & TAUPIN

GROUPE CPI

LA FLÈCHE (12-2000)
DÉPÔT LÉGAL : JANVIER 2001. N° 48169 (4233)

POINTS VIRGULE

Des livres pour déshabiller le prêt-à-penser,
reconnecter nos neurones,
sourire sans se forcer, décoder le monde,
rescotcher les générations éclatées…